記憶は花のよう。

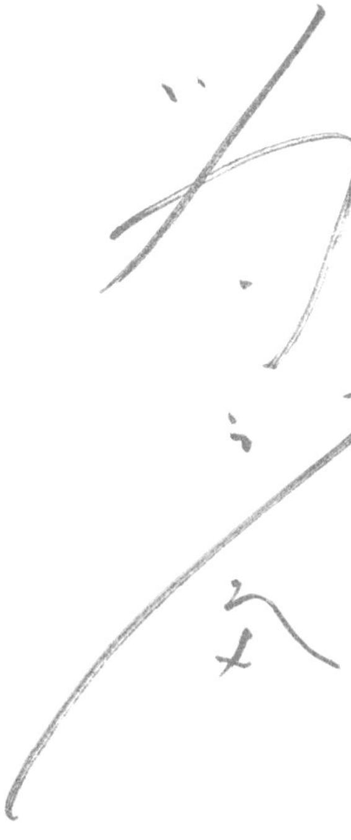

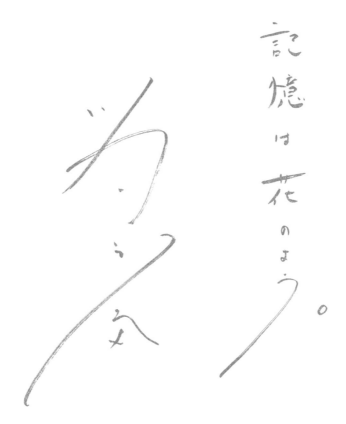

百花

hyakka

Kawamura Genki

川村元氣

王蘊潔——譯

推薦序——

如果這世界，記憶消失了

作家 彭樹君

當煙火如百花一般，轉瞬之間綻放又消失以後，還有什麼會留在夜空之中嗎？當生命像煙火一樣，在長遠無盡的時空裡一閃即逝，又有什麼能在這個世界上留下來呢？

人生看似漫長，其實短促，縱使是父母與孩子的緣分也是有限。但肉身的消亡並非真正的斷絕，只要回憶裡還有對方的存在，我們所愛的至親也就還在。而在離別來到之前，往往有那麼多難做的人生功課要做。

在川村元氣的《百花》裡，百合子與泉是一對單親母子，百合子與父母不親，泉的父親則是徹頭徹尾地缺席，於是這對母子成為相依為命的存在，彼此的世界裡沒有別人。就像泉的幼兒時期，母親無微不至地照顧他一樣，當百合子出現失智現象之後，唯一能照顧母親的也只有泉。但泉本身正處於妻子待產、工作忙碌的前中年期，對於母親的身心變化無所適從，許多時候都感到心力交瘁。卻也是因為必須整理與母親有關的事物，所以泉看到了母親多年前寫下的日記，揭開一個塵封許久的謎底，並且在整理的過程裡同時也整理了自己的內心，與年少時期所留下的傷痛和解。

然而也是在這個過程裡，百合子的意識漸漸進入了泉不能理解亦到達不了的所在，阿茲海默症讓她難以聚焦在當下的現實，常常錯認身旁的人，常常忘了說過的話，也常常迷路，她彷彿神遊在多個過去交錯的時空，總是與心底未了的遺憾以及未竟的懸念不斷地對話，卻無法與眼前最親近的人有雙向的溝通，那是意識的絕境，是前所未有的孤獨，人生至此歸結為兩個問題：「我是誰」和「你是誰」。

在川村元氣膾炙人口的作品《如果這世界貓消失了》裡，為了延長生命，主角聽從了惡魔，同意每天讓一樣東西消失，用來交換繼續看見明日的太陽，但任何一樣東西消失，所有與那樣東西連結的記憶也就一併消失；而在這本《百花》裡，消失的是記憶本身，失智讓腦神經細胞漸漸死亡，於是腦海中曾經靠著記憶建構的一切也隨之土崩瓦解。每個人都自成一個獨立的世界，而人與人之間的世界是靠著記憶來連結的，當記憶不在了，彼此之間還有什麼能存在呢？

曾經將自己褓抱提攜、慈愛美麗的母親慢慢退化為無助的幼兒，漸漸不認得原先熟悉的事物，不認得喊過千萬次的名字，有一天甚至可能也不再認得自己的臉，對於人子而言，這是悲傷且漫長的告別，可是在那一切的茫然與失序之下，卻也有一種超越所有時間與空間、也超越所有磨難和阻礙的恆長存在，那是愛。失智總是讓意識迷路，但愛也總是能帶著心靈找到回家的路。

即使不再知道我是誰，也已不知道你是誰，但在心底深處，腦神經照管不到的靈魂層面，愛從未遺忘任何人，誰也不曾失去誰。

至親至愛的記憶不在了，但那些他們忘記的，我們依然會記得；當有一天他們也不在了，我們也會深深記住他們的身影，他們的話語。記憶讓我們所愛的人栩栩如生，每一次想起，都召喚了他們回來。我們在回憶中一遍遍地重塑他們的音容笑貌，只要思念還在，愛還在，我們所愛的人也就一直都在。

煙火消失之後，曾經璀璨的夜空還原為空無，但是眼眸裡會留下光的印象。而生命結束之後，離去的是肉身，留下的則是愛的記憶。

1

打開門，眼前是一片黃色的天空。

雖然萬里無雲，但也不見太陽的蹤影。我沿著坡道而下，在坡道盡頭的轉角處向左轉。要走快點。泉很快就到家了。和緩的坡道旁，相同大小的透天厝毗連。不知道哪一戶人家傳出了鋼琴聲。那是舒曼的〈夢幻曲〉，好幾次都在第二小節卡住了。對喔，今天是鋼琴課的日子。美久，fa和re要用力彈。慘了，鋼琴課的時間已經開始了。但我必須先去那裡。去哪裡？我要去哪裡？喔，對了，我要去車站前的超市。今晚泉要回家。我要做他最愛的牛肉洋蔥燴飯和甜味煎蛋捲，還要搭配他最愛的番茄。家裡還有美乃滋嗎？還是買一罐以防萬一。泉差不多快到車站了，我要走快點，趕快買完菜回家。空無一人的傍晚街頭，響起了鞋底踩在柏油路面坡道上的聲音。不遠處有一個鞦韆，生鏽的鐵鍊在搖晃，不知道是不是前一刻有小孩子在那裡盪鞦韆。這個小公園位在很陡的階梯旁，老舊的滑梯，老舊的翹翹板，老舊的鞦韆。走下長長的階梯就是鐵軌，紅色電車無聲地駛過。蒲公英色的天空下，是一片密集的集合住宅。霧靄朦朧，看不清後方的那片大海。百合子，妳有什麼打算？回頭一看，發現父親站在那裡。妳先平靜心情，要好好想清楚。母親用手帕擦著眼睛。爸爸、媽媽，對不起，但我無法捨棄這個孩子。雖然我動著嘴巴，但不知道為什麼無法發出聲音，只是吐出乾澀的空氣。既然妳這麼堅持，那就沒辦法了。父親閉上眼睛，轉過身去。母親也跟著父親離開了。我想去追他們，但兩隻腳無法動彈。我該怎麼辦？誰來救我！當父親和母親的背影離去之後，我無力地癱坐在鞦韆上，搖晃著生鏽的鐵鍊，眺望著天空。啪西。我聽到了玻璃碎裂的聲音。黃色的天空出現了裂痕，在扁平的白色從天空的裂縫中探出頭的瞬間，地面開始扭動搖晃。遠處的集合住宅就像骨牌般一棟一棟應聲倒下。泉……這個名字脫口而出。泉！泉！我一次又一次叫著這個名字。啊，泉應該已經到車站了。但是淺葉在等我。我必須去那裡。他在等我。我要去買洋蔥、胡蘿蔔和牛肉，還要買美乃滋。但是，時間來不及了。美久上鋼琴課的時間到了。〈夢幻曲〉的第二小節。fa和re要用力彈。爸爸、媽媽，對不起。帶著白色裂痕的天空漸漸暗了下來。一個、兩個煙火在帶了一抹灰色的黃色上綻放。這些煙火很不可思議，不知道為什麼只能看到上半部分。當我看著接連發光的半圓時，淚水流了下來。

為什麼這麼美？

＊

葛西泉回到家時，發現母親不在家。

他在老舊的透天厝的玄關脫鞋子時叫著「媽」。聲音在昏暗的走廊上響起，前方的客廳沒有燈光，二樓沒有動靜，家裡冰冷，感覺比戶外的氣溫更低。泉拉起了羽絨外套的拉鍊，期待家中的溫暖，從車站一路走回來的身體忍不住發抖。

他走向廚房，立刻聞到一股腥臭味。母親應該站在那裡做晚餐的位置空無一人。打開日光燈，不大的水槽內堆放著用過的餐具和杯子，瓦斯爐上的鍋子裡有吃剩的白菜。向來一板一眼的母親很少會丟著碗不洗，平時總是很勤快地隨手把碗盤洗乾淨。

小時候，只有母親生病睡在床上時，泉才會洗碗。他從小學放學回家後，馬上搬了椅子去廚房，踮起雙腳，用海綿和洗碗精洗碗。雖然只有偶爾才洗，卻好像做了什麼了不起的大事般向母親報告，母親總是從床上坐起來對他說：「泉，你好厲害，謝謝你。」

有一次他很高興，隔天早上也幫忙洗碗。結果手一滑，當他意識到自己闖禍時，已經來不及了。他之前就從母親口中得知，那是母親年輕時去九州旅行時買的碗，已經小心翼翼地用了超過十年。母親聽到聲音後衝了過來，看到碗在水槽內裂成了兩半，立刻拿起泉的手問：「你沒事吧？有沒有受傷？」泉的食指尖滲出了一滴飽滿的血，好像有一隻瓢蟲停在那裡。「啊！」當泉發出叫聲時，母親已經把他的手指含在嘴裡。當指尖被溫暖的唾液包圍時，他突然感到愧疚，忍不住難過起來。

他走進廚房隔壁的客廳，接連打開了日光燈、空調和電視開關。房間中央那台舊平台鋼琴幾乎霸占了整個客廳，旁邊放著小尺寸的電視和音響。

鋼琴向來是母親生活的中心。她在私立音樂大學畢業之後成為鋼琴師，不時舉辦小型演奏會，為了生活，也去飯店的酒吧演奏。在泉出生之後，她開始當鋼琴家教賺取穩定的收入。「很會教鋼琴的美女老師」的風評很快傳開了，許多學生都慕名而來。泉也跟著母親學鋼琴，但母親在教鋼琴時很嚴格，和平時判若兩人。母親教鋼琴時很可怕。他在上小學時告訴母親，他不想繼續學鋼琴了，母親一臉落寞的表情說：「你可以不必在意我說的話，輕鬆彈琴就好。」然後又補充說：「音樂很自由。」並沒有責備他。

已經變成煤煙色的舊空調發出嗡嗡的聲音，吐出了溫吞的風，帶了一點霉味。他撥了母親的手機，響了六、七次之後轉接到語音信箱。

窗邊放著裝在相框裡的生活照。那是之前和母親一起去溫泉旅行時，母子兩人穿著浴衣一起站在旅館門口拍的照片。兩年前？還是三年前？也可能更久。他們母子難得合影。那一次，母親在旅館的房間內吃著大龍蝦的生魚片，一次又一次說：「真好吃，真希望下次可以再來。」因為實在太囉嗦了，泉忍不住說：「好了啦，我知道了。」母親露出有點難過的表情說：「對不起。」

他坐在餐桌旁，心不在焉地看著電視，轉眼之間，就過了將近一個小時。巨大的集合住宅擋住了小庭院後方的紫色天空，看到窗外亮起一盞盞燈光時，他覺得肚子餓了。母親這麼晚沒回家，他也有點擔心。他事先告訴母親會在這個時間回家，而且天色已經暗了下來，仍然不見人影。

他去了二樓，把背包放在自己房間的床上。從高中生時開始睡的這張廉價的鐵管床發出了擠壓的聲音。他看向書架，上面有幾本文庫本的推理小說和西洋音樂CD，放在旁邊的電吉他積滿了灰塵。那是母親買給他的深棕色Telecaster吉他。他大學四年都在樂團彈吉他，但直到最後，都無法彈得很出色。

他彎著身體走下了很陡的木樓梯，看著母親丟在客廳沙發上的圍巾走向玄關，用腳尖勾著帆布球鞋打開了門。

沿著坡道往下走，然後在轉角處左轉。母親到底去了哪裡？他忍不住小跑起來，剛好可以讓身體暖和些。路燈下，吐出的氣都變成了白色。年關將近的街道感覺似乎比平時有更多燈光，坡道旁的每一棟房子都亮著乳白色燈光，傳出電視的聲音。

他走進一條小路，打算沿著往車站捷徑的陡峭階梯一路向下。當他把手放在階梯的欄杆上時，發現旁邊公園的鞦韆在搖晃。

他在微弱的路燈下看到了百合子。

百合子坐在發出咯吱咯吱聲搖晃的鞦韆上，眺望著遠處那片夜晚的街道。泉悄悄走過去，以免嚇到她。昏暗的燈光下，看到她的臉上有幾道皺紋，讓他不得不感到母親真的老了，但也同時感受到一種少女般的純潔。他已經站在百合子身旁，但她仍然沒有發現，看著燈光璀璨的街頭，臉上帶著微笑，好像在做什麼美夢。

「媽，妳在這裡做什麼？」

泉小聲問道。他仍然喘著氣。

百合子小聲嘀咕著，好像在自言自語。

「我……要回去了。」

「啊？」

「我必須回去。」

「媽，妳怎麼了？」

「啊，對不起……泉。」

百合子終於看著泉的眼睛。她的雙眼溼潤，泉看到她那雙閃亮的眼睛，不禁有點困惑。他以前從來沒有見過母親的這種表情。

「妳不在家，害我嚇了一跳。」

「對不起，我在超市買東西，突然覺得很累。」

但百合子手上沒有任何東西。

「妳坐在這種地方會感冒。」

泉走到鞦韆旁，脫下羽絨外套，披在百合子肩上。母親在熨燙得很整齊的白襯衫外只穿了一件深藍色開襟衫。這個季節穿這樣未免太單薄了。

「怎麼辦？要不要回家喝熱紅茶？」

「要去買洋蔥、胡蘿蔔，還有牛肉……」

「那我們一起去車站前的超市。」

「嗯。」百合子像小孩子般點了點頭，再度看向下方的街道。紅色電車駛過向左右延伸的鐵軌，因為是除夕夜，電車上沒有乘客，以緩慢的速度穿越他們的視線前方。

車站前有一家像是小型遊樂園般的超市。四年前，原本只有小商店的這一帶終於開了一家大型連鎖超市，從食材到醫藥品，還有日用雜貨、家電和衣服應有盡有的這家店已經不適合稱之為超市，但又似乎覺得稱為百貨公司、購物中心也不太對勁，所以百合子都說是「車站前的超市」。

再過幾個小時就將迎接新年的食品賣場內空空蕩蕩，走在前面的母親加快了腳步。等一下啦。泉推著推車，快步追了上去。轉頭看向貨架，看到了鹽麴調味料、有助於在體內製造抗體的優格、無麩質食品和宣稱是超級食物的食品。好久沒來，這家超市的商品和以前大不相同了。

泉住在都心的大廈公寓，附近沒有像樣的超市，食材和日用雜貨都上網訂購後送貨到府。購物網站結合了人工智慧，可以精準地從曾經購買的商品、下次該購買的商品，和應該會喜歡的商品中挑選出推薦商品，出現在螢幕上，只要從網站的推薦商品中逐一點選，就在不知不覺中完成了購物。

百合子忙碌地在貨架和貨架之間走來走去，嘴裡喃喃說著「這個要買」、「那個也要買」，把番茄、胡蘿蔔放進胭脂色的購物籃內。泉發現每一樣都買太多了，內心有點不安。

百合子把最貴的維也納香腸放進購物籃。「買這種就好了吧？」泉指著比較便宜的維也納香腸問，母親笑著說：「你小時候哭著指名非要這種不可。」我說過這麼任性的話嗎？泉完全不記得。

「你從小就這樣，任何事轉身就忘了。」百合子在說話時，伸手拿起牛肉洋蔥燴飯的麵糊塊。「我要做牛肉洋蔥燴飯和甜味煎蛋捲，今天全都做你愛吃的菜。」

買了一整籃的菜放在收銀台上，百合子從口袋裡拿出皮夾。

泉以前在國外的免稅店買給她的名牌皮革皮夾鼓得像銅鑼燒，百合子打開皮夾，泉發現放紙鈔的隔層塞滿了收據。以前她每次買菜回家都會整理皮夾，現在連放零錢的夾層也都塞得滿滿的。泉忍不住盯著百合子的皮夾，百合子垂著眼睛，害羞地收起皮夾說：「最近計算能力越來越差，每次都用紙鈔付錢，所以找回很多零錢。」

「我可以去三樓一下嗎？」

泉把蔬菜裝進塑膠袋後問。被他塞得亂七八糟的塑膠袋差一點倒下，他慌忙用手按住。

「你要買什麼東西嗎？」

百合子裝的那個塑膠袋食材都排放得很整齊，勾勒出漂亮的圓形線條。

「因為家裡很冷，所以我想穿發熱衣睡覺。」

「對不起，空調好像不太靈光。」

「不，是我太怕冷了。」

「你真的很怕冷。」

「嗯，是啊。」泉忍不住笑了起來。他從小就既怕冷，又怕熱。讀小學的時候他曾經說，我喜歡溫暖和涼爽，母親聽了感到很無奈。

「要不要順便幫妳買？」

「你不必為我費心，那我也去買其他東西。」

「那十五分鐘後在門口等。」

泉搭電扶梯上了兩個樓層，尋找想買的保暖衣。當他走在整齊的店內時，發現自己鬆了一口氣。和母親見面不到一個小時，就已經感到窒息了。即使並肩走在一起，也覺得渾身不自在。

他畢業後找到工作，離家已經十五年。雖然目前住的地方離老家只有一個半小時的距離，但回家的次數越來越少，如今每年只回來兩次。他不忍心讓母親獨自過年，所以每年都是母子一起守歲，但這幾年越來越無話可聊，只是不停地點頭而已，他很苦惱要怎麼撐過和百合子共度的時間。從什麼時候開始對和母親聊天感到很不耐煩？以前都是自己拚命說話，不知道從什麼時候開始顛倒了。

他拿起用粗體字寫了「極暖」兩個字的保暖衣，在確認尺寸和顏色時，看到了旁邊女性用的貨架。雖然和母親買相同的衣服很害羞，但他還是為母親拿了兩件走去收銀台。

搭電扶梯下樓後，看到母親拿著白色孤挺花站在超市門口。母親的皮膚很白，泉覺得她好像變回了自己小時候看到的樣子。他想起以前每次母親去參加入學典禮或是教學參觀，老師和同學都會說，你媽媽好漂亮，他就覺得很得意。

「對不起，等很久了嗎？」泉緩緩走了過去，百合子搖了搖頭，代替了回答。鵝蛋形的巴掌臉在花上露出溫柔的微笑。

回到家中，百合說著「不好意思，家裡很亂」，開始收拾丟在客廳四處的郵件。「沒關係。」泉打開了孤挺花的包裝紙。放在餐桌上的花瓶內原本插的罌粟秋牡丹已經枯萎，有幾片乾枯的褐色花瓣掉落。母親隨時都會在花瓶中插鮮花，泉抽出枯萎的花，把黃土色混濁的水倒去水槽。把充滿旺盛生命力的鮮花插進透明的水中，頓時覺得整個房間都亮了起來。

百合子開始摺收進來的衣服，泉在廚房把剛買的食材從塑膠袋內拿出來放進冰箱。冰箱裡亂七八糟，用保鮮膜包起的剩食塞滿了所有空間，蔬菜室內放著已經乾掉的菠菜和胡蘿蔔，後方還有完全變成黑色的香蕉。電子鍋旁放了兩包吐司，全都沒有拆封。泉從塑膠袋裡拿出剛買回來的吐司，問正在客廳的母親：

「媽，妳買太多吐司了。」

他指著電子鍋旁三包吐司。

「我最近經常這樣。」

百合子把浴巾摺成正方形時苦笑著說。

「妳以前就常這樣。」

「也對，這是我的老毛病了。」

泉曾經無數次看到母親說著「你說這個很好吃」、「而且今天剛好在特價」，然後把優格或是火腿放進冰箱。

泉走出廚房後，百合子走進廚房，穿上圍裙。她站在水槽前洗米，巧妙地使用並不大的瓦斯爐，同時煮牛肉洋蔥燴飯醬汁和甜味煎蛋捲。用鍋子開始煮之後，又同時洗萵苣、切番茄。

母親白天教鋼琴，晚上要打工，每天都很忙碌，下廚做飯很神速。才剛走進廚房不久，不知不覺中，就已經煮好了一餐。泉開始獨立生活後也曾經挑戰過，但無論如何都沒辦法同時做好幾道菜。當時他曾經想，那簡直就像在變魔術。

要不要我幫忙？泉對著廚房問，百合子頭也不抬，繼續看著砧板說：「你看電視就好。」於是他聞著牛肉洋蔥醬汁的香氣，躺在沙發上看紅白歌唱大賽。戴著相同紅色帽子的偶像團體用很高亢的聲音為女性演歌歌手加油，演歌歌手露出分不清是高興還是困擾的笑容。

這是第幾次和母親一起看紅白歌唱大賽？搬來這裡時讀中學三年級，所以已經超過二十次。不知道還能一起看幾次。十次？二十次？恐怕很難超過三十次。這才發現他們未來能夠繼續當母子的日子不多了這件事。

演出晨間劇的女星大聲地說，今年的紅組陣容最強大，一再提醒看著電視，漸漸把遊戲規則拋在腦後的觀眾，這個節目是將男女分成紅白兩組進行比賽。

女星在後台差不多都這樣。泉的腦海中浮現出上司說這句話時的得意表情。幾年前，泉因為工作關係曾經和這名女星見過面。某位歌手的歌曲獲選為電影主題曲，於是找她拍ＭＶ。泉是那位歌手的宣傳，所以拍攝時也在現場。無論在定裝還是拍攝期間，她幾乎都不發一語，只有最低限度的打招呼和回答，以及說了ＭＶ中角色的台詞，完全沒有主動說過一句話。因為在電視中看到的她是一個開朗活潑的年輕女星，所以唱片公司的工作人員都很驚訝。泉當時還很同情她，覺得她突然被帶到陌生的音樂現場很可憐。但是看到她在紅白歌唱大賽中大聲說話的樣子，開始覺得她只是樂在扮演不同的角色。在螢幕中笑得很爽朗的她，和當時低頭不發一語的她，也許對這名女星來說，都是一場愉快的戲。

「飯煮好了。」身後傳來母親的叫聲。

濃郁的醬汁淋在白得發亮的米飯上，牛肉洋蔥燴飯冒著熱氣。切成大塊的蕪菁在法式清湯中晃動。新鮮的番茄萵苣沙拉、甜味煎蛋捲、紫得很美的浸煮茄子、胡蘿蔔絲和蘿蔔絲乾燉菜。餐桌上放滿了母親做的家常菜，還有胡蘿蔔絲和白蘿蔔絲醃漬而成的紅白膾、滷鯡魚等年菜。

「果然像在變魔術。」

泉坐下時說。

「什麼變魔術？」

百合子在排放筷子時問。

「我是說，妳怎麼一下子就做好這麼多菜？」

「太多了嗎？」

「不會，看起來很好吃。」

「喔，對不起，我今年有點偷懶。沙拉只要切一下裝盤就好，蘿蔔乾絲是買現成的。」

「妳不必道歉。」

「其實我很想全都自己做……」

「不必在意這種事。」

「對不起。」

「不是說了嗎……」

「是啊，吃飯吧。」

「開動了。」母子兩人齊聲說道。電視上，排排坐的評審正接連拿起麥克風發表評論。客廳內響起主播高亢的聲音。平時吃飯都會關掉電視，只有每年守歲時例外，這也成為他們母子之間的默契。

牛肉洋蔥燴飯裡的洋蔥入口即化，胡蘿蔔的硬度更是絕妙，只有中間保留了稍微的硬度，沾滿了紅棕色的醬汁。和米飯一起送進嘴裡，在隱約的酸味之後，洋蔥和醬汁的甜味在舌尖上擴散。手上的湯匙停不下來，嘴裡不停吹著氣，一口接著一口。泉最愛吃母親煮的牛肉洋蔥燴飯，以前等不及晚餐開飯，忍不住走去廚房張望時的記憶一下子甦醒。

當他回過神時，發現餐盤內只剩下少許米飯。「要不要再添飯？」母親問，泉默默點了點頭。百合子拿著盤子走去廚房。紅白歌唱大賽進入尾聲，男性偶像團體隨著投影在舞台上的熱鬧影像載歌載舞。觀眾席上響起近似尖叫的歡呼聲，主持人說，舞台上使用了最新的影像技術，但完全沒有說明到底最新在哪裡。

吃完年夜飯時，電視螢幕上出現了白雪覆蓋的寺院，主播宣布幾分鐘後，即將迎接新的一年。泉突然想看其他頻道，拿起遙控器轉台。看到新聞主播和運動選手在今年爆紅的諧星和偶像團體的包圍下，接連出現在螢幕上。每一台節目都很吵，所以又立刻轉回原來的頻道。「只要能夠確認什麼時候邁入新年就好。」百合子說道，她好像察覺了泉的想法。

聽著電視中傳來鐘聲，知道迎接了新的一年。

「新年快樂。」

百合子鞠躬說道。「新年快樂。」泉也跟著說道。每年只有這一次對母親說話用敬語。泉露出羞澀的笑容，百合子微笑著說：「今年也請多指教。」

手機震動不已，公司的後輩和朋友都傳訊息來拜年。他寫了簡短的訊息告訴香織，他回來老家了，香織立刻回了訊息。「新年快樂，對你媽好一點。」

「香織最近好嗎？」

泉低頭看著手機回答說：「很好啊，她要我問候妳。」

「這樣啊，好久沒看到她了，真想看看她。」

「媽，妳今年幾歲了？」

泉顧左右而言他，夾著桌上剩下的鯡魚問道。

「不要問，我不想算。」

百合子把空盤子疊在一起，搖了搖頭說。

「但今天不就是這個日子嗎？」

「到了這把年紀，幾歲就不重要了。」

「六十九歲嗎？」

「六十八。」

「啊，對不起。」

「你每次都這樣，我已經習慣了。」

泉苦笑著看向母親的臉，等待百合子的視線從餐桌的盤子上移到自己臉上後開了口。

「媽，生日快樂。」

元旦是母親的生日。泉每年都和百合子一起守歲，為她慶祝生日。

「雖然沒有人會忘記我的生日，但永遠都會被忘記。」

所有人都記得她的生日是元旦這件事，但到了元旦那一天，所有人都把這件事忘得一乾二淨，也沒有捎來任何祝福的話。即使她想要慶生，也無法邀請朋友一起慶生，餐廳也都休息。年菜取代了蛋糕，生日禮物有時候是神社的護身符。每次有人問她生日時，她總是表達痛恨自己的生日是一月一日這件事，最後不忘笑著補充一句「生日快樂這幾個字終究敵不過新年快樂」。

有一件事曾經成為百合子唯一的救贖，就是她有一個兒時玩伴也是一月一日生日。同年同月同日生的兩個人都覺得那是命運的安排，於是就成為好朋友。

泉在十一歲的時候聽母親說了這件事。

那一天，他有生以來第一次送了生日禮物給母親。前一天除夕時，他為不知道該送什麼禮物煩惱不已，在商店街徘徊了很久，最後買了一朵水仙。因為夜晚的花店只剩下那朵花。百合子接過細長形的禮物，小聲地道謝之後快步走出了客廳，很久都沒有回來。

也許不該送花。泉感到很不安。早知道應該買媽媽喜歡的泡芙。正當他為此懊惱時，母親紅著眼眶走回來問他：「你為什麼送白色的花給我？那是我最喜歡的顏色。」

「因為最後只剩下這朵花。」泉據實以告，然後又補充說：「但我覺得即使有很多花，自己也會拿不定主意。」

「真慶幸今天是我的生日。」

母親再度小聲地說，然後從排放在窗邊的許多照片中，挑選出一張她高中時的照片，把她兒時玩伴的事告訴了泉。

百合子和這個閨中密友在元旦那一天，舉辦了只有她們兩個人參加的慶生會，交換了禮物。然後一起去神社參拜，去電影院看賀歲片。她們覺得上天選中了她們兩個人。她們一起看命理占卜，照理說，在未來的日子中，將會面對相同的幸福和不幸。

但是，在十七歲那一年春天，閨中密友突然發生車禍死亡。比起難過，百合子更感到不知所措。即使去參加了葬禮，仍然沒有真實感，只是覺得同年同月同日生的人離開了這個世界，就像是自己的身體少了一部分。那次之後，百合子無論看雜誌還是看電視，都再也不相信占卜了。

「有相同命運的人先死了，所以我原本覺得生日根本沒有任何意義。但既然你為我慶生，生日的意義就不一樣了。」

百合子笑著說：「泉，謝謝你。」然後把白色的水仙花插在透明的杯子裡。

每年元旦，泉都會送母親禮物。手帕、茶杯、髮飾、項鍊。百合子從泉送她花的那一天開始，隨時都會插一支花。母子在一起的時候總是有花陪伴，好像是某種約定。花瓶中從來不曾缺乏鮮花的點綴，除了「那段日子」以外。

「話說回來……」

聽到母親的聲音，泉將視線聚焦在模糊的銀色上。已經持續喝了六罐啤酒，空罐就像發光的昆蟲般倒在面前。

「怎麼了？」

「每年都一樣。」

「什麼都一樣？」

「果然沒有人聯絡我。」

百合子說完，搖了搖去年秋天剛買的智慧型手機。之前曾經傳訊息問了泉好幾次，說她不知道使用方法。

「明天早上就會接到別人祝福的訊息。」

泉看著母親的臉。

「是啊，希望他們不會忘記。」

母親微笑的雙眼再度溼潤起來，充滿了戀愛中少女般的美麗。泉當然不可能知道這份美麗來自哪裡。

2

宛如夜空中飄浮的雲。

「大約六公分左右，差不多像奇異果這麼大。」

醫生看著超音波檢查的螢幕，用探頭在微微隆起的腹部上移動。泉注視著在彎曲皮膚上滑動的儀器，螢幕中漩渦狀的雲呈現人的形狀。

「奇異果嗎？」

躺在診察床上的香織張開大拇指和食指，比出了六公分的大小。泉將視線移向她的手指。診察室的牆壁潔白無瑕，有淡淡的消毒水味道。只有印了菜花照片的月曆，為那片白牆增添了色彩。

「嗯，可能再小一點，和草莓差不多。」

「草莓……」香織縮小了指尖的距離，「原來你都用水果來形容大小。」

「是啊，因為想不到其他的。妳覺得有什麼可以形容嗎？」

「像是馬卡龍，或是泡芙之類的呢？」

「可能太甜了。」

微胖的婦產科醫生放聲笑了起來。他看起來不像醫生，更像是廚師。

「對啊，感覺很胖，」香織也跟著笑了起來，「那網球或是乒乓球呢？」

「好主意，下次就用這個。」

婦產科醫生開心地豎起食指。他的白袍太大了，手一放下來，袖口蓋住了指尖。

「一切正常嗎？」

默默聽著他們說話的泉在一旁問。

「啊，對不起，你一定很擔心。」婦產科醫生指著螢幕說，「你看，心臟跳動很健康，不必擔心。」

「那我就放心了。」泉說話的聲音有點沙啞，看著香織。躺在診察床的她動了動嘴，無聲地說了「太好了」三個字，握住了泉的手。

人形的雲緩緩動了起來，中央的小心臟很有彈性地跳動。他還無法對那裡有一個生命產生真實感，也對自己即將為人父沒有真實感。

「真期待，半年之後，你們就要當爸爸、媽媽了。」

婦產科醫生擦著探頭，露出親切的笑容。泉起身時向他道謝，打開了白色的門。

這時，他覺得好像有人在叫他，忍不住轉過頭，看到了超音波檢查的螢幕，但螢幕上已經沒有夜空，也沒有漩渦狀的雲，只剩下一片黑暗。

「你不必每次都陪我來，你不是有工作要忙嗎？」

走出婦產科，從最近的車站搭上電車後，香織對泉說。下午的總武線上沒什麼乘客，泉和香織坐在一起。

「啊？不是都要陪同嗎？」

泉掃興地問，看著香織的側臉。她看著窗外的櫻花樹。春天時被染上一片粉紅色的樹木，如今只有褐色的樹枝。

「小純的老公從來沒有陪她產檢。」

「這太離譜了。」

「聽說很多男人都怕去婦產科。」

「原來是這樣。」

「我也能夠理解，每次不都會等超久嗎？一直害喜，還要等將近半天的時間。」

香織的手握著深藍色皮包的角落。害喜嚴重時，她每次都這麼緊抓著。「妳還好嗎？」泉問她。「嗯，沒事。」她回答，從皮包裡拿出紙盒裝的蘋果汁，一口氣喝了下去。這是她隨時帶在身上的「止孕吐妙方」。她的皮包上還沒有貼孕婦貼紙，因為她說「總覺得很害羞」，所以遲遲不願貼上。

「畢竟一輩子只有一、兩次而已。」

電車加快速度穿越了釣魚場。雖然是非假日的白天，許多人擠在那裡釣魚。每個人都坐在啤酒箱上，把釣竿垂在長方形的魚池中，遠遠地看不清他們有沒有釣到魚。

「泉，我覺得你好像太拚了，太勉強自己的話無法持續太久。」

香織把蘋果汁的紙盒摺了起來。她在丟紙類時，都習慣摺得很小。便當的包裝紙、用完的紙巾、免洗筷的袋子，所有的紙類到她手上都會被她摺得很小。

「我沒有勉強自己。」

泉在說這句話時，電車在護城河上方的車站停了下來。正因為什麼都不懂，所以才會想全都試試看。他在黃色和橘色電車之間的狹窄月台上，對著走在前面的香織後腦勺說。

走出驗票閘門，穿越斑馬線，走在連鎖咖啡店、兼賣唱片的書店、牛丼店和便利商店林立的坡道上。

「沒想到看得很清楚。」

泉拉起羊毛大衣的衣領說。冷風迎面吹來。

「什麼？」

香織看著泉，把皮包重新掛在肩上。隨著漸漸接近坡道頂端，坡度也變得更陡。她向來不喜歡叫泉幫她拿皮包。

「胎兒的超音波照片。」

「對啊，聽說還有3D照片。」
「這也太猛了。」
「好像可以看到立體的胎兒，而且聽說超逼真，最近還有4D的。」
「四維空間？什麼意思？」
「看起來很立體，而且還可以動。」
「太厲害了。」泉忍不住驚嘆。「簡直就像電影。」香織笑了起來。但這和四維空間有點不太一樣。
爬上坡道後向右轉，看到一棟有許多正方形窗戶的巨大灰色大樓。坡道上方有陽光，稍微暖和了些。
「因為很可愛，所以我能理解想要看得更清楚的心情。」
「你真的這麼覺得嗎？」
「對啊。」
「你不覺得像外星人嗎？」
「妳說得太可怕了。」泉苦笑著。
香織嘆了一口氣繼續說道：「我無法理解有人覺得超音波照片很可愛。」
「妳太冷靜理性了。」

「有嗎？我覺得很多人應該都和我一樣，只是大家沒說出來而已。」
「會這樣嗎？」
「就是這樣。」
泉和香織一起走進灰色大樓。自動門打開，穿著制服的接待小姐像雙胞胎一樣坐在那裡。兩個人都低頭看著眼前的電腦，她們只有在必要時才會抬起頭，機械式地向訪客打招呼。香織經常說，機器人還比她們更有用。接待櫃檯旁有一個大螢幕，正在播放目前泉負責的年輕嘻哈歌手的ＭＶ。影像拍得很出色，但完全聽不清楚歌詞在唱什麼。當初完成的時候還很有成就感。
「你要什麼時候告訴你媽？」
經過一樓的咖啡廳繼續走向深處，搭上了電梯，分別按了三樓和五樓的按鈕後，香織轉過頭問他。
「嗯，快進入安定期了，也該告訴她了。」
「我要做到什麼時候為止呢……？」
「什麼？」
「工作。雖然我想儘可能做到快生的時候，即使在家休息也無事可做。」
香織聳了聳肩。她已經把懷孕的事告訴了直屬上司和人事部。

「上次他們還對我說……」

「說什麼？」

「他們叫我去生孩子。」

「為什麼？」

「因為他們說妳比較能幹，所以叫我去生孩子。」

「好過分喔。」香織雖然這麼說，但忍不住笑了起來。她的確是優秀的總監，在公司內也很受歡迎，各部門都爭相邀她，目前終於調去她強烈希望的古典部門，從企劃專輯到錄音、為旗下的音樂家舉辦音樂會，忙得不亦樂乎。

「我根本笑不出來，和同公司的同事結婚真是太痛苦了。」

「老公，加油啊。」

香織露出調皮笑容的同時，電梯發出「叮」的高亢聲音，在三樓停了下來。門打開了，幾個後輩走進來向她打招呼，香織點頭向他們打招呼，匆匆走出電梯。

「謝謝你們願意花錢買我的才華。」這是泉第一次見到ＫＯＥ時，她開口說的第一句話，「請把我作為商品賣出去，否則就失去了我拋頭露臉的意義。」

ＫＯＥ的才華是在網路上被人發現。雖然網路上的影片只能看到她的嘴，但令人忍不住想像那張嘴背後，隱藏了美麗的煽情影像很快成為話題，自行製作的每支MV的點閱次數都超過三百萬。在她出現一年左右，就受到了大唱片公司的矚目。

有五家唱片公司為了簽她相互競爭，她最後挑選了泉任職的那家公司。泉很早就發現了KOE的才華，主動要求擔任她的宣傳，並找了比他小兩歲的香織擔任助理。

因為我無法同時和三個人以上談話，所以今後開會希望可以控制在最少人數。我不喜歡直射陽光，所以想去沒有窗戶的房間。咖啡因會讓我身體不舒服，所以請給我水。KOE每次提出要求，工作人員就露出像在哄小孩一樣的笑容，忙碌地為她張羅。

這次來了個大麻煩。可以清楚地感受到所有人內心都拉起了警報。但最後每個人都很喜歡她。以後請多指教。KOE深深鞠躬道謝，像小孩子一樣面帶笑容，流著眼淚。我超緊張。她擦著眼睛，用粒子細微的聲音輕聲細語。站在泉身後的新進女同事見狀，忍不住啜泣起來。

「她的才華不僅是創作，更在於她具備了能夠激發出別人的愛和能力。」

當初是新人開發部門的總監發掘了KOE，泉想起了他說過的這句話。她具備了走紅的條件。泉轉過頭，香織也露出認同的表情看著KOE。

第一次會面之後，當泉走回自己的辦公桌，立刻收到了ＫＯＥ傳來的電子郵件。她用「因為名片上有電子郵件信箱」這句話作為開場白，談論了自己將賭上一切投入接下來的活動。泉先生，我對你產生了共鳴。如果你對我的音樂有什麼看法，無論優點和缺點，都希望你可以直接告訴我。泉看了附筆的這段話，有一種得到她另眼相看的興奮。那次之後，只要ＫＯＥ完成一首曲子，他都會挑選出深受感動的歌詞，把自己的感想用電子郵件寄給ＫＯＥ。

ＫＯＥ這個新人以破格的方式登場。作曲家聽了她的歌詞，爭先恐後為她作曲。泉帶著ＫＯＥ非正式版歌曲的試聽帶，四處向電視和電影的製作人推薦。他還和上司交涉，製作了豪華的紙本資料，對如此高規格感到驚訝的多位製作人，和從ＫＯＥ以前在網路時代，就已經是她歌迷的導演都很快表達了合作意願，同時決定了要在電影和電視的動畫影片中合作。唱片公司從來不曾用如此大規模的陣仗，為新人的出道做準備。

但是，在準備錄音的一個星期前，ＫＯＥ突然失蹤了。

經紀人多次打電話聯絡，ＫＯＥ完全沒有回電，沒有人知道她的行蹤。工作人員急得團團轉，全體出動，四處尋找ＫＯＥ的下落。泉也傳了好幾封電子郵件給她，但她都沒有回覆。

「我找到KOE了，目前在澀谷，你現在可不可以過來一趟？」

五天後的深夜兩點，接到了香織的電話。泉慌忙抓了一件上衣套在T恤外，衝出家門，攔了計程車。坐上計程車之後才發現，T恤上印了很蠢的卡通圖案，立刻把上衣的鈕扣扣了起來。之前每次和KOE見面時，都會穿上她很喜歡的深藍色素T。

「KOE之前失蹤的那幾天，其實也有和我聯絡。」泉來到澀谷的高級飯店時，香織在大廳等他，「雖然我努力想要說服她，但她堅持無論說什麼，那些人都不會相信。」

因為我認為在現階段，即使讓她和上司見面，恐怕也只是徒增驚慌，不可能有任何作為，所以就打電話找你來。香織在通往高樓層的電梯中對泉這麼說，還說「因為KOE認為你比較可以信賴」。

KOE只和香織聯絡這件事讓泉很受傷，他為自己把KOE在附筆中的那句「我對你產生了共鳴」當真感到無地自容。

「KOE沒有父親。」

計程車行駛在高速公路上，香織在車內對著淡紫色的城市幽幽地說。

黎明時分的道路空空蕩蕩，計程車一路順暢。

「是喔。」泉應了這一句，就陷入了沉默。他不知道香織說這句話的意圖，而且在和ＫＯＥ溝通了四個小時之後，他已經沒有力氣再詳細問清楚。

沒有父親。

只有這句話在沉默的兩人之間飄浮。

ＫＯＥ住的高樓層蜜月套房可以看到澀谷燈光幾乎有點刺眼的夜景。當初除了付給她破格的簽約金以外，還以培養費的名義，每個月都支付薪水給她。

「我把音樂忘光光了。」ＫＯＥ像貓一樣折起雙腿，坐在大沙發上，「我怎麼也想不起以前怎麼寫歌詞，想不起要用怎樣的心情唱歌。」

她又接著說，她想要放棄音樂，而且一再表示，無法表達出已經遺忘的東西。

泉啞然無語，坐在他身旁的香織淡淡地發問。為什麼會這麼想？為什麼會變成這樣？接下來有什麼打算？

「我愛上一個人。」

ＫＯＥ注視著那片發出過剩光亮的大樓，娓娓說著她愛上的那個年長的攝影師。

「連我自己都覺得很不可思議，為什麼可以對第一次見面的人卸下心防，如此信任，不，並不是信任，也許是魂魄被他勾走了。」

第一次攝影結束後，ＫＯＥ就在攝影棚前等他。星期五的夜晚，許多人從她面前走過，因為尚未對外界公布她的長相，所以站在路旁的ＫＯＥ只是路人甲。

「對方是怎樣的人？」

香織問。

「他向來不談論自己。」ＫＯＥ似乎想到了什麼，露出了微笑，「只告訴我說，他剛離婚不久，以及對東京的人際關係感到厭倦。」

泉很希望ＫＯＥ趕快說清楚，但覺得此刻不宜插嘴。這就像在搭積木，只要步驟稍有差錯，所有的積木就會應聲倒地。香織緩緩發問，就像在引誘躲在簷廊下的貓走出來。然後呢？

「我約他去飯店。我至今都難以相信自己竟然有這種慾望。我原本就很怕男生，對男人的性慾恨得想吐。」

泉冷靜地接受了ＫＯＥ說的話，連他自己都感到驚訝。他之前就隱約覺得，早晚會發生這種事，他正是被ＫＯＥ這種縹緲的感覺所吸引。

ＫＯＥ認識那個攝影師三天之後，就搬去了他的公寓。她不和經紀人聯絡，放棄了錄音和宣傳等所有的工作足不出戶。但是，攝影師告訴她，他下個月就要移居布魯克林，還說是在認識她之前就已經決定的事。他的父親是知名的影星，在經濟上沒有後顧之憂。

「我什麼都不要，我要去布魯克林，只要有他就足夠了。」

KOE躺在沙發上囁嚅著。第一次見到她時聽到的那種好像細微粒子在發光般的聲音已經消除不見，宛如魔法解除般失去了妖媚。平靜的表情明確表達了她的決心。

很難繼續走進她的世界。香織不發一語，似乎已經決定放棄。泉努力振作自己，持續說服KOE，希望她至少先完成目前正在製作的歌曲之後再去美國。因為他想要證明之前和她之間往來的電子郵件並非毫無意義。

「我已經是不同的人了，這幾個月寫的歌曲已經不是我的心聲，也不是我的音樂了，所以我只能放棄一切。」

她用彷彿入睡前的柔和聲音表達了拒絕，她的雙眼似乎已經墜入了夢中。窗外的天空微微吐出亮光，漸漸擴散成一整片淡藍色。回過神時，發現在澀谷街頭互別苗頭的耀眼燈光幾乎都消失了。

計程車抵達灰色大樓前，泉和香織下了車，路旁的樹上傳來了吵鬧的鳥啼聲。他們好像逃離鳥啼聲般走進大樓，發現公司高層為首的相關人員幾乎都在等他們。

隔月，ＫＯＥ就去了美國。

泉在炭爐冒著煙的店內拿起大啤酒杯，香織也拿起啤酒杯和他乾杯。

「辛苦了。」

位在公司附近的這家店生意很好，而且很難訂位，但因為店員的待客態度很差，而且因為離公司太近，無法安心吃吃喝喝，公司的人都不喜歡來這家餐廳，所以反而很適合他們兩個人約在這裡談事情。

「聽說是一個韓國的舞者。」

香織吃著韓式拌豆芽菜說道。

「妳在說哪件事？」泉吃了一口韓國泡菜問。

「在布魯克林和ＫＯＥ對決的情敵。」

「喔，妳是說那個攝影師的劈腿對象。」

ＫＯＥ在半年後回國，出了專輯。

香織似乎早就預料到ＫＯＥ會回國，繼續默默製作。ＫＯＥ一回國，就連續多日在中目黑的錄音室錄音，專輯比原本預定的時間晚了九個月發行。

紀念專輯發行的第一場現場演唱結束後，泉邀香織一起吃烤肉。

「沒什麼劈不劈腿的，那種男人原本就不是真心，ＫＯＥ只是剛好落入了他的陷阱。」

香織喝著只剩下半杯的啤酒。

「陷阱？」

泉也跟著喝了一口啤酒。

「他只是知道ＫＯＥ想聽什麼話、想要他做什麼，那種人根本沒有思想，也沒有感情，只是扮演了ＫＯＥ渴望的角色。」

「的確有些男人只有在這方面如魚得水。」

我對這半年完全沒有記憶。ＫＯＥ在回國後這麼說。她眼神渙散，流著淚說，她完全想不起來為什麼當初會做那種事，也想不起為什麼會愛上那個男人。

香織撫摸著她的背，不時緊緊抱著她，在一旁陪著她錄音。我一不小心忘了如何去愛。ＫＯＥ坦承在回國後寫的歌詞，就是那個男人在布魯克林對她說的話。

「我很清楚我們為什麼會失敗。」

切得很厚的牛舌和裝了檸檬的盤子一起送了上來。香織拿起切塊的檸檬，瞇起眼睛，擠在小盤子內。

「我們？這不是ＫＯＥ的問題嗎？」

泉沒有碰檸檬，把兩塊牛舌直接放在炭爐上。他總覺得一旦淋上了檸檬汁，就全都是檸檬的味道。

「我們還可以做得更好。」

「到底該怎麼做？」

ＫＯＥ回國後的演出缺乏精采，已經無法再找回聲音的魔力。每次錄音都遲到超過一個小時，為了宣傳參加廣播節目的錄音時，每每因為攝取過量抗憂鬱劑導致口齒不清。原本支持她的相關人員一個又一個離她而去。

「我認為藝人需要父親和母親。」

「父親和母親？」

「母親就是可以包容一切的人，父親則是嚴格導正的人。不能只有其中一人，必須同時有父親和母親。」

「妳的意思是說，目前的團隊有很多母親，卻沒有父親嗎？」

「我以為自己扮演了父親的角色，但最後還是無法充分保護她，更何況ＫＯＥ沒有親生父親。」

泉感到很不自在，在店內左顧右盼。因為啤酒所剩不多，他想找店員續杯，但所有店員都聚在收銀台前開心聊天。

專輯的第一波銷量不錯，但之後不見成長，只有ＫＯＥ在網路時代的歌迷購買。在第一場現場演唱的安可曲時，她宣布無限期停止演藝活動。

香織發揮了極大的毅力和耐心，直到最後都勸ＫＯＥ繼續做音樂，和那天晚上在澀谷飯店時完全沒有和泉一起說服時判若兩人。

泉看著淡淡地把切得很厚的瘦肉放在炭爐上，突然想起了她在計程車上看著窗外的側臉。灰色的東京鐵塔聳立在淡紫色的天空下。

「和沒有父親有這麼大的關係嗎？」

「啊？」

「妳之前也說過ＫＯＥ沒有父親這件事。」

「對，我說過。」

「但是，如果ＫＯＥ有父親，就不會發生這種事了嗎？就不會對那種男人無法自拔，毀了一切嗎？」

雖然泉覺得自己說這番話有點像在找碴，但仍然停不下來。香織目不轉睛地注視著燒得通紅的炭火，繼續把瘦肉放上去。

「我認為不能說沒有關係，更何況ＫＯＥ愛上的那個人，年紀幾乎可以當她爸爸了。」

「但這樣的結論會不會太膚淺了？簡直就像是說，如果少了父母，或是父母不稱職，就無法成為一個正常人。」

轉眼之間就飄來燒焦的味道。泉拿起夾子，粗暴地把在炭爐上冒著煙的肉翻了面。

「我不是這個意思，只是我認為的確會有影響。」

晚了一步。所有的肉都已經烤焦了。

「我也沒有父親。」泉把冒著煙的肉挪到鐵網角落，黑色的肉滴著油，「從出生時就沒見過，不知道他長什麼樣子，也不知道他的名字。」

「……對不起，我無意惹你不高興。」

「我知道。」

不光是父親，泉也從來沒有見過外公。

幾個不幸重疊在一起，百合子決定獨自生下孩子。「我向來是一個老實順從的女兒，所以外公無論如何都無法原諒我。」百合子的父親直到最後都沒有去過醫院，她的母親雖然曾經去醫院探視過她一次，但在她生下孩子之後，就漸漸疏遠了。

泉從小學畢業的那天晚上，母子兩人去附近的家庭餐廳慶祝，百合子在那天告訴了他獨自養育孩子的來龍去脈。「我從小就是一個很頑固的小孩。」母親說完這句話後露出微笑。「你的名字是我在住院期間想出來的，無論是兒子還是女兒，我都希望能夠帶著源源不斷的喜悅祝福你的誕生。」

每逢紀念日，百合子就告訴泉一個又一個往事的記憶。

香織把切成薄片的霜降肉放在鐵網上，似乎想要填補沉默的縫隙。火立刻竄了上來，冒出很多煙。油脂在炭火上發出劈叭劈叭的聲音，她小聲嘀咕說：

「我當然不認為沒有父母是一件不好的事，小孩子根本沒有選擇的權利，而且至少ＫＯＥ因為在這樣的環境長大，所以才能夠創造音樂。」

「即使ＫＯＥ有父母，搞不好也可以寫出優美的歌詞。」

泉一口氣喝完了啤酒，再度東張西望，尋找店員的身影，但完全看不到店員的身影，他忍不住咂著嘴。剛才不是還有很多人嗎？

「也許吧，但我認為正因為她有空缺，所以才能夠帶著迫切，寫出某些歌詞。」

香織注視著在炭爐上被火包圍的肉繼續說了下去。

「……父母對兒女有很大的影響。正因為我強烈感受到父母的束縛，所以一直在思考如何才能逃離他們。有一次我突然發現，並不一定要由有血緣關係的人扮演父母的角色。我的父母雖然沒有離婚，但幾乎稱不上是夫妻，甚至不是稱職的父母。但我從幼稚園的時候開始上的芭蕾舞教室的老師，教導了我如何走正道。我長大之後發現了這件事，就不再認為血緣或是家人是絕對的東西，很多時候，正因為是沒有血緣關係的外人，才能夠互補。所以如果沒有父親，就可以由別人扮演這個角色，我希望自己對KOE而言，能夠扮演這樣的角色。」

香織一口氣說完之後，夾了兩、三塊快要烤焦的肉，說了聲「我開動了」，放進了嘴裡。泉看著她用力咬肉的下巴，覺得自己生氣太蠢了。

「泉，你怎麼了？為什麼突然笑？」

聽到香織這麼說，他才發現自己露出了笑容。

「沒事。」泉又把新的肉放在炭爐上，為了掩飾臉上的笑容問：「要不要來碗飯？」

香織注視著他那雙淡茶色的眼眸，笑著回答說：「好，我要大碗！」

這是她走進烤肉店後第一次露出笑容。

3

聽到玄關的門關上的聲音，他醒了過來。

泉在床上坐了起來。潔白的床單揉成一團，看起來像一團鮮奶油。身旁的空間已經沒有溫暖。他輕輕伸了個懶腰，眼角掃到了散亂的書本和CD。

以後書架上要放繪本，你把書架整理一下，騰出一點空間。因為香織這麼說，泉從昨晚開始整理，但忍不住充滿懷念地打量拿在手上的每一樣東西，整理幾乎沒有進度。現在幾乎都用手機和電腦聽音樂，不再使用CD播放器，這些CD上的歌曲幾乎都可以在網路上找到，所以變成了無用的光碟片，但因為和以前聽這些音樂時的記憶產生了強烈的連結，讓他難以割捨。

沿著鋪了深棕色木質地板的走廊走進客廳，這棟家庭式大廈公寓的每個房間都比較寬敞，泉從單身時代住的房子帶來的沙發和電視放在這裡顯得特別小，整體很不協調。泉和香織在買房子之前經過長時間溝通，把可以預見的未來納入考慮之後決定買這棟公寓。

兩個月前，泉從香織口中得知她懷孕了。結婚兩年，這是很自然的結果，但真正發生時，他還是忍不住感到手足無措。他無法順利將孩子即將出生這件事，和自己即將成為人父這件事連結起來。

窗外是一片飄著薄雲的天空，北風不時搖晃著窗戶，但房間內很暖和。因為香織為他打開了地板暖氣，暖氣從光著腳的腳底爬上來。

大餐桌上有三盒板狀巧克力疊在一起。她又一大早吃巧克力了嗎？這幾個星期，香織的孕吐現象漸漸改善，但她開始吃大量巧克力。

「妳會不會吃太多了？雖然有吃總比什麼都吃不下好多了。」

泉說完之後，還告訴她有一位前輩因為懷孕期間太胖，結果分娩時很辛苦。因為連肚子裡的孩子都太胖了。

「我知道，」香織好像在畫圓般用左手摸著肚子，另一隻手上拿著紅色包裝的巧克力，「但我就是停不下來，已經變成了超越食慾的神秘慾望。」

「而且妳只吃巧克力，感覺很不健康。」

「以前經常聽人說，害喜的時候會愛吃檸檬或是葡萄柚這種酸味的食物。」

「如果是這樣，至少可以攝取很多維他命C，感覺很正向啊。」

「但我周圍好像都沒有愛上這些健康食物的孕婦，我朋友都愛吃洋芋片、可樂還有冰淇淋之類的東西。」

「什麼嘛，都是一些垃圾食物。」

「不知道為什麼會這樣，平時對這些食物根本沒有興趣，偏偏在肚子裡有孩子的時候想吃。」

香織在說話的同時，大口咬著板狀巧克力。巧克力做成長方形的塊狀，但她破壞了原本的「區塊」，留下圓形的齒痕。

「可能是因為妳並沒有根源性想吃的食物，」泉挽起睡衣袖子走去廚房，「我要泡咖啡，妳要一杯嗎？」

「不，對不起，最近聞到咖啡味道就覺得反胃。」

「巧克力中毒，卻討厭咖啡，感覺有點矛盾。」

「對不起。」

那天之後，泉就避免在香織面前喝咖啡。他在用電熱水壺燒開水的同時，用電動磨豆機研磨原本放在冷凍庫裡的咖啡豆。後輩出差去西雅圖參加活動時買回來這種有酸味的咖啡豆消耗的速度很慢。

每天早餐都是吐司和雞蛋料理，再搭配蔬菜沙拉或果汁。他和香織誰比較早起，就會順便為另一個人準備早餐。這已經成為他們之間的默契。

以前和百合子一起生活時，早餐都是白飯配魚、煎蛋，還有醃漬菜之類的菜餚。百合子整天忙於工作和家事，非假日的晚餐有時候會吃超市的盒裝壽司或是熟菜。泉其實很期待母親偶爾買回來的「現成菜」，但母親在他剛結婚後不久告訴香織，她一直為這件事感到愧疚，所以至少覺得早餐和便當一定要親手做。

那天發現電子鍋旁放了三包吐司。母親不知道從什麼時候也開始吃吐司。不知道是泉離家之後多久的事。泉坐在餐桌旁，弄破了盤子裡半熟荷包蛋的蛋黃咬了一口，又咬了一口吐司，喝著咖啡。

「有一位大提琴家從紐約來日本，因為明天要接受採訪，所以一早就要出門。」

泉想起昨晚睡覺前香織對他說的話。也許是因為久違的咖啡因讓大腦開始活動。他還想起香織又補充說：「差不多該告訴你媽懷孕的事了。」香織懷孕快四個月了，他一直沒機會告訴百合子。

看向窗外，發現下雪了。已經三月了，竟然還會下雪。他不由得感到沮喪。位在九樓的住家可以看到下方的大公園，宛如茂密的綠色森林綻放了許多白花。

他沖了一個很熱的熱水澡，把身體洗得很暖和後走出家門。大廈門口前的護欄積了薄薄一層雪。他雙手捧起雪用力一捏，隨著咯吱的聲音，捏出一顆溼溼的雪球。他向來很喜歡雪，但如今手中的冰冷讓他感到不舒服。

等一下到公司後要先寫一封電子郵件道歉。在冰冷順著指尖傳遞到大腦的同時，他想起了這件事。那齣連續劇的主題曲。一位交情甚篤的編劇請他幫忙交涉一首西洋樂曲，但事情遲遲沒有進展。他連續寄了好幾封電子郵件給目前在美國的著作權人，但對方遲遲沒有回覆，就這樣拖了三個月都毫無進展。

他嘆的氣讓眼前變成了白色，簡直就像是憂鬱視覺化了。他用力吸了一大口冰冷的空氣振作精神，然後邁開步伐。走在斑馬線上時撥電話給母親，但電話很快就轉入語音信箱，他沒有留言就掛上了電話。

小時候，他經常和附近的小孩一起玩雪。每次下雪，他就衝出家門，一路跑去公園，在公園裡打一、兩個小時的雪仗。打完雪仗後，再堆好幾個雪人。因為百合子無法休長假，泉幾乎沒有出過遠門，所以每次下雪，就覺得平日生活的環境變成了另一個世界，玩得不亦樂乎。

「我同學去秋田旅行，他說他爸爸幫他做了一個雪洞，然後他就在雪洞裡喝紅豆年糕湯。」

泉永遠不會忘記他說這句話時，百合子臉上的表情。泉只是想要表達對雪洞的嚮往，但提到了「爸爸」這兩個字。他雖然隱約知道這樣會傷害母親，但還是哪壺不開提哪壺。雖然他早就習慣了忍耐，但內心深處一直想要問一問關於爸爸的事。

隔天早晨醒來時，發現庭院內有一個圓圓的像是小山的東西。他穿著睡衣，趿著拖鞋走到庭院。「太猛了！怎麼會有這個?!」「媽媽做的！」「我可以進去嗎？」「當然可以，但動作要輕一點！」百合子用了很多雪，花了整晚的時間做了雪洞。雖然雪洞很小，只能讓泉一個人勉強擠進去，但漂亮的半圓形就像一顆大福。

泉興奮不已，百合子走進廚房，開始做紅豆年糕湯。她站在瓦斯爐前，不時輕聲咳嗽。「妳怎麼了？」泉問了好幾次，「我沒事。」她回答後，繼續煮紅豆年糕湯。

泉在冷颼颼的雪洞中喝紅豆年糕湯，在濃稠的紅棕色紅豆湯中，有一塊很大的烤年糕。百合子在雪洞外喝紅豆年糕湯，鼻子都凍得通紅。那天晚上，泉和百合子兩個人都病倒發了高燒。母子兩人並排躺在兩床被子中，笑著說「紅豆年糕湯真好喝」。

「媽媽，對不起，我不需要爸爸，只要有媽媽就足夠了。」

他以為自己終於把這句話說出了口，卻是在發燒的睡夢中說的，當他醒來時，發現百合子獨自站在廚房煮粥。

大片的雪花飄然而落。

泉加快了步伐。更多記憶隨著心跳聲甦醒。

那是上小學之前的事。有一天，百合子讓泉坐在腳踏車後座，載著他去棒球場。也許是看到泉對棒球產生了興趣，所以想帶他去看實際的比賽。百合子騎了數十分鐘，終於來到海邊的球場，卻找不到停腳踏車的地方，於是繞著球場四處尋找可以停腳踏車的地方。泉目不轉睛地看著騎著腳踏車的母親被汗水溼透的後背。在腳踏車繞著球場騎了一圈半時，四周亮起了刺眼的燈光，比賽開始了。最先上場的打者可能擊出了安打，球場上響起了怒吼般的歡呼聲。泉抬起頭，聲音彷彿從天而降。

雪越來越大。他有點後悔懶得帶傘，把傘放在家裡了。他不想走去地鐵站，走到大馬路找計程車。這條路上平時總有好幾輛空車經過，今天早上每輛計程車內都載了客人。

泉感受著雪球慢慢在掌心融化，想像著如果香織生的是兒子，自己會為他做雪洞嗎？會陪著他一起玩傳接球，去露營地生篝火嗎？兒子以後會喝著酒，向自己吐露工作上的煩惱嗎？

「我覺得應該是兒子。」上個週末，當臥室的燈關了之後，他聽到香織這麼小聲嘀咕。「那我要不要趁現在練習一下棒球？」泉用相同的聲量回答。隔天，他心血來潮走進公司附近的一家運動用品商店，意外發現棒球手套五花八門，不知道該如何挑選，最後逃也似地走出那家店。

「可惡，竟然把我丟去那種麻煩的地方。」

谷尻吃著裝在小碟子裡的沙拉說道。他黝黑高大，聲音沙啞。泉用大量芝麻沙拉醬攪拌著沙拉的同時問：

「是嗎？你的專長就是培養新人，感覺很好玩啊。」

「傻瓜，時代不同了。」

「那倒是，而且我們公司的簽約條件太嚴格，在搶新人時搶不過別人，只能花大錢挖其他公司已經走紅的藝人。」

泉將視線從沙拉移向谷尻，發現他悶悶不樂地用紙巾擦拭著額頭的汗水。這家餐廳的空調總是太過，夏天太冷，冬天又太熱。

「目前藝人有太多方法可以靠自己賣歌，和大型唱片公司簽約根本沒有意義。」

「谷尻哥，連你也說這種話就真的沒戲唱了。」

幾年前，泉和谷尻在同一家唱片公司。公司旗下有各種不同類型的藝人，從接連推出暢銷歌曲的樂團，到在海外也受到好評的電音樂團，谷尻擔任總監，同時兼任董事。他雖然是一流的藝人推手，卻缺乏身為經營者的才能，在公司整體的經營惡化之際遭到排擠，目前在挖掘新人的關係企業任職。他是說話不留情面的粗人，在公司內也樹立了不少仇人，但泉覺得無論是和藝人相處的方式，還是和業界打交道的方式等工作上所有的事，都是從谷尻身上學會的。「我目前在市之谷，因為下雪，原本和人約好談事情卻臨時取消了，要不要一起吃午餐？」泉突然接到谷尻的電話後，立刻衝出公司，前往附近的西餐廳。

「而且連續劇或是電影的製作人根本不想用新人。」

谷尻用叉子戳著小碟子內剩下的沙拉。他的手指很粗，叉子在他手上看起來特別小。不知道萵苣是否在冰箱裡放了太久，全都失去了水分。

「那些人根本都不聽音樂，現在還整天把九〇年代走紅的樂團名字掛在嘴上。」

泉在說話的同時，把和米飯一起裝在托盤內送上來的味噌湯放到角落。

「葛西，你還是不愛喝味噌湯。」

谷尻發現後，笑著咬碎了杯子裡剩下的冰塊。

「不好意思。」

「沒關係啦，只是我從來沒有遇過討厭味噌湯的人，你真是個怪胎。」

「……我很怕喝味噌湯。」

看起來很有份量的鐵板放在他們面前，打斷了他們的對話。煎得微焦的漢堡排滋滋地噴著油。

「電視圈還是都要看經紀公司的臉色嗎？」

「雖然比以前好多了，但基本上還是老樣子，即使硬把新人塞過去，但終究實力不足，當然不可能走紅。真的是什麼都沒變。」

谷尻皺著眉頭，把紙圍裙掛在脖子上。

「沒辦法改變。」泉也跟著掛上了紙圍裙。谷尻的下巴下方有好幾道很深的皺紋。他在高中時曾經參加過全國橄欖球大賽，想當年他的脖子上都是肌肉，而且粗壯得像圓木。

「最近有沒有在推誰？」

「『音樂樂團』。」

「喔，我聽說他們來我們公司了，他們之前靠獨立製作，已經賣得夠好了。」

「聽說好像是因為我們公司有幾個他們喜歡的藝人。」

「原來現在還有人迷信大型唱片公司。」

「可能有機會找他們唱小見山先生寫的連續劇主題曲。」

「喔，原來是和你很有交情的小見山老師，你們最近還常打麻將嗎？」

谷尻轉動手腕，做出翻牌的動作後，沒有使用刀子，直接用叉子切開漢堡排吃了起來。

「好久沒打了，都已經是好幾年前的事了。」

泉這次沒有像他一樣用叉子吃，掰開了免洗筷。肉煎得微焦的香氣令人食指大動。

「宣傳是誰？」

「田名部。」

「喔，那個妖嬈的女人。」

「谷尻哥，你認識她？」

「她不是和你部門的部長大澤有一腿嗎？」

「什麼？真的嗎?!」

泉忍不住驚叫起來，然後慌忙看向四周。光線昏暗的店內排放著淺色的木桌，雖然是中午時間，但每張桌子旁都有客人，幸好沒有看到公司的同事。

「你不知道嗎？我半年前就聽說了。」

「難怪大澤部長特別照顧田名部。」

泉低聲說話的同時，把蘿蔔泥均勻地鋪在漢堡排上。他向來對公司內的這種八卦後知後覺，每次都是最後一個才知道。

「是喔，大澤果然活得很坦誠。」

谷尻沙啞的聲音發出笑聲。

「通常不都會這樣嗎？」

「不，剛好相反，如果我和公司內的人外遇，反而會對她特別冷淡，或是把她調去其他部門，否則整天都要在意她的心情不是煩死了嗎？」

「谷尻哥，你還是這麼壞。」

「你應該說我這個人很老實。啊，你的能幹老婆來了。」

轉頭一看，剛推門進來的香織正在向他們揮手。她和同期進公司的會計部女同事在一起。因為站在玻璃門前背光的關係，看不清她臉上的表情，但從身影的輪廓中可以看到她的腹部微微隆起。香織發現坐在泉對面的是谷尻，向他鞠了一躬。

「……喔，你快要當爸爸了。」

谷尻拿著叉子，向香織舉起一隻手，然後看著香織說。谷尻在十年前離婚後就一直單身，他的孩子和離婚的妻子一起生活。他每次喝酒時都會說，因為每個月都要寄生活費，所以不能被公司開除。

「五個月之後，現在還完全沒有真實感。」

「沒問題，你看起來就是個好爸爸。」

「是嗎？」泉茫然地嘀咕後，忍不住暗想，自己哪方面「看起來是個好爸爸」。雖然他很想知道答案，但發現問這個問題沒有意義，於是就用筷子夾起盤子上開始變乾的米飯送進嘴裡。

下雪的日子，夜晚會消除所有的聲音，令人感到不安，彷彿所有人都從這個城市消失，只有自己一個人獨自佇立在寂靜中。大家都有相同的感覺嗎？還是只有自己這麼想？

泉在餐桌上打開筆電，逐一回覆已讀未回的郵件，不知不覺已是深夜。剛結婚那一陣子，夫妻兩人經常一起在家裡加班，但香織自從懷孕之後，每天不到十二點就上床睡覺。「現在很愛睡覺，是不是在睡兩人份？」泉看著香織笑著說這句話的樣子，頓時觸動了內心身為人父的幸福。

他打了一個很大的呵欠，看向時鐘，聽到了單調的震動聲。手機的震動透過餐桌傳了過來。他慌忙拿起手機，看著螢幕。葛西百合子。是母親打來的電話。

「喂……媽？」

「……是泉嗎？對不起，你打電話找我？」

「是啊……但妳現在太晚了。」

「是嗎？現在幾點？」

「一點半。」

電話的彼端也和這裡一樣安靜下來。他的眼前浮現出母親在放了那架平台鋼琴的客廳，把還不太會操作的智慧型手機放在耳邊的樣子。「對不起，」電話中傳來百合子沙啞的聲音，「泉，你已經睡了嗎？」

「我還在工作。」

「小心別累壞身體。」

「媽，妳才要注意身體，這麼晚還不睡覺。」

「有時候半夜會醒過來，然後突然想起你曾經打電話給我……有什麼事嗎？」

即使是這樣，也沒有人會在三更半夜打電話，明天早上再打也沒問題。想要責備母親的話衝到嘴邊，但他還是把這些話吞了下去。

「媽，有一件事要告訴妳。」

「什麼事？」

泉猶豫了一下，不知道該不該現在說。電話兩端都沒有聲音。

「……我們有孩子了。」

「孩子？」

「我和香織的、孩子。」

「呃……恭喜！預產期是什麼時候？」

泉可以感覺到百合子的聲音有點激動。

「好像是八月。」

「太高興了，香織的身體狀況如何？」

「嗯，她很好。」

「太好了。泉，真的恭喜你。」

電話彼端傳來百合子拍手的聲音。「所以……預產期是什麼時候？」「我不是說了，是八月嗎？」「喔，對喔，那就快了，要開始做很多準備了。」泉聽著母親說話的聲音，為終於把這件事告訴了母親鬆了一口氣。

之前向百合子報告和香織訂婚的事時，百合子沉默不語。泉以為她想知道自己和怎樣的人訂婚，就主動說了對方是公司的同事。百合子還是沒有說話。為了化解尷尬，泉自顧自地說了香織的性格和外貌，母親突然用沙啞的聲音說：「也未免太突然了。」「啊？怎麼了？」泉忍不住問這些話的同時，聽到百合子啜泣的聲音，抽抽噎噎地說：「不是才要開始嗎？之前都一直為生活忙碌，原本還以為之後終於和可以其他母子一樣，可以一起去旅行，一起去吃美食了。」

泉原本期待聽到母親的祝福，但看到母親像幼兒般鬧情緒有點不知所措，也說不出話。幾個星期後，在東京都內的餐廳把香織介紹給百合子時，百合子心情愉快地對香織說了泉小時候的糗事。「這個孩子心情不好的時候通常就是肚子餓了，所以不管吃什麼都沒關係，記得別讓他餓肚子。」她說著這些話，和香織兩個人笑得很開心。

這已經是三年前的事了。泉當時帶著贖罪的心情，送了一個瑞士名錶給百合子。百合子從泉懂事的時候開始，就一直戴同一個錶。

看了牆上的時鐘，發現已經深夜兩點多了。母親滔滔不絕地從婦產科醫生聊到嬰兒服、斷奶食和哄孩子入睡的事，然後不時好像想起什麼重要的事般小聲嘀咕「泉，恭喜你」。泉聽著她激動的聲音，突然覺得母親好像要去某個遙遠的地方。就像「那段日子」一樣。

4

木頭天花板吸收了鼓掌的聲音。

等待掌聲的餘音消失後，大提琴家開始獨奏。是巴哈的第一號無伴奏大提琴組曲。

聚光燈照亮了大提琴家身穿燕尾服的高大身軀，可以感受到座無虛席的觀眾席上所有的視線都集中於一點。他坐在巨大的管風琴前，在巨大的舞台中央閉眼演奏。

帶著一絲悲愴的旋律不斷重複，充滿堅定的意志，大提琴的音色卻無比悠揚。曾經有人說，大提琴的聲音和男人的聲音音域相同，音色就像是人類的話語。在音樂廳聽大提琴演奏時，的確會覺得好像是演奏者在唱歌。

「大提琴很沉穩，所以很容易產生憂鬱的感覺。」今天早晨，香織在餐桌旁吃巧克力時，評論著這位大提琴家，「但是他的演奏很開朗，很悠然自得。雖然他完全按照樂譜，而且充滿知性，因為拉得太好了，感覺像是在隨便拉。」

大提琴家才拉到第三小節，泉就看到坐在旁邊的百合子拿出了手帕。她把眼鏡往上推，輪流擦了擦左右的眼睛。「最近很容易受感動。」在往音樂廳的計程車上，百合子聊起她喜愛的連續劇時說。即使之前一起生活的時候，泉也很少看到母親流淚。

剛上小學不久那一陣子，泉交到了一個放學一起回家的朋友。那個同學姓三浦。快放寒假的某天放學後，泉去三浦家玩。他的父母都外出上班不在家裡，因為他們兩個人都是「鑰匙兒童」，所以很自然地成為好朋友，泉在傍晚的時候經常去三浦家。

那一天，他們和平時一樣，放學後在三浦家玩。他們一起看電視的動畫節目、玩紙牌，夕陽從窗戶照進屋內。橙色的陽光照在玩具和衣服亂丟的客廳。

「肚子好餓……」

三浦瞇著眼睛看著窗外。陽光很刺眼，完全看不到外面。

「嗯……對啊。」泉也表示同意。

「那我們去買零食。」三浦笑了起來，曬黑的臉皺成一團。

「但我身上沒錢。」

「別擔心，我知道我媽把錢藏在哪裡。」

三浦走進飯廳，用力拉開碗櫃右側的抽屜。兩張千圓紙鈔和兩張五千圓，還有一些零錢藏在一大堆電費和瓦斯費收據下面。

「你想拿多少都隨便。」

三浦用一隻手把千圓紙鈔揉成一團拿在手上說道。

「啊？我不要。」

「趕快！」

「我說了不要。」

泉知道這是犯罪。他以前就聽過有些人成為別人口中的小偷，也知道「偷竊」這兩個字。

「那我要和你絕交！」

三浦突然大叫起來。趕快拿啊！我說沒問題就沒問題！

泉被三浦的氣勢嚇到，慌忙把手伸進抽屜，抓了一個五百圓硬幣塞進了口袋。大腿感受到金屬冰涼的感覺。三浦打開門，刺眼的陽光衝進眼簾。泉一口氣衝下階梯，好像要逃避這些陽光。

他們走進附近的超市，三浦毫不猶豫地走向零食區。泉在五彩繽紛的零食包裝袋包圍下，跟在店內逛來逛去的三浦身後，發現他身上那件深藍色毛衣靠近腋下的地方，破了一個差不多像彈珠般大小的洞。

三浦把巧克力棒、可樂口味的軟糖、清涼錠放進購物籃，笑著對他說：「你也選自己喜歡的啊。」泉正在看草莓牛奶糖。白色塑膠紙上畫了鮮紅色的草莓圖案。

那是他最愛的糖果。他戰戰兢兢地伸手拿了草莓牛奶糖走向收銀台。

找零的一百圓和幾個十圓硬幣放在口袋裡。他在三浦家沒有吃草莓牛奶糖，兩個人一起吃了三浦買的巧克力棒，但覺得沒什麼味道，只有嘴裡一直留下了黏黏的口感。坐在旁邊的三浦看著電視，索然無味地咬著巧克力棒。

泉把草莓牛奶糖帶回了家，百合子回家後問他：「怎麼會有這個？」泉悶不吭氣，百合子停下了正在洗碗的手，厲聲對他說：「趕快說實話。」泉哭著把口袋裡的硬幣放在桌上，坦承了自己犯下的罪。

百合子帶著他去三浦家還錢和糖果。天色早就暗了，三浦仍然獨自在家。百合子向三浦鞠了一躬，把糖果和五百圓硬幣還給三浦。三浦露出落寞的眼神看著他們，收下了錢和糖果，然後笑著說：「明天再來我家玩。」

泉和母親一起走在天色已暗的回家路上。泉很想趕快道歉，卻不知道該怎麼表達內心的歉意。百合子離開三浦家後不發一語。媽媽還在生氣嗎？泉不安地抬頭一看，發現她正在無聲地哭泣，手背不停地擦著眼睛。

這是他第一次看到母親的眼淚，他覺得流淚的母親好像是別的女人。他感到害怕，好像堅硬的殼破裂，裡面柔軟的東西都溢了出來。「對不起。」泉語帶顫抖地說，母親白皙的手輕輕摸著他的頭。直到現在，每次吃草莓牛奶糖果時，在感受甜甜香氣的同時，也會想起當時的母親摸自己頭的感覺。

中場安排了兩次休息時間，大提琴家從第一號無伴奏組曲演奏到第六號。當他演奏完最後的音符站起來時，就像打完一場漫長戰鬥的戰士般大汗淋漓，露出鬆了一口氣的笑容。

觀眾席上響起經久不息的掌聲。大提琴家第二次、第三次出來謝幕，深深地鞠躬。泉看向坐在旁邊的母親，百合子拍著手，完全沒有擦拭臉上的淚水。

「媽媽，妳覺得好聽嗎？」

走出會場，身穿套裝的香織在大廳迎接泉和百合子。她知道百合子喜歡巴哈，一個星期前就說好要招待他們來聽今天的音樂會。

「好聽，他拉得很棒，但感覺很自由悠揚。」百合子用手帕擦拭著溼潤的雙眼，害羞地笑著，「香織，太感謝妳了。」

「太好了。」

「我們要去吃飯，妳可以一起來嗎？」

泉問香織。香織回答說：

「等一下要舉辦簽名會，我也要在場。等結束之後就去找你們。」

「好，那我們等妳。」

香織向百合子欠身打招呼後，快步走向現場銷售區域。泉看著她的平底皮鞋，忍不住擔心她的身體。這幾天為了配合大提琴家訪日，香織連日都忙得不可開交。三天前就開始陪同大提琴家接受採訪，還要陪同音樂會的排練、準備現場銷售CD，昨天深夜還打電話給大提琴家的經紀人，關心大提琴家的身體。

「妳要小心自己的身體。」泉對她說。香織苦笑著說：「真的超累，但這是最後一次重要工作。」

泉和百合子來到戶外，高速公路的高架道路遮住了天空。因為剛好是大路分流的位置，彎曲的水泥宛如巨人的手臂。他們在高樓大廈之間走了一小段路，走進一家熱鬧的法式餐館。母子兩人每次外食都會吃西餐，也許是因為以前通常都是為了慶祝才外食，所以每次都去家庭餐廳或是西餐廳，現在仍然延續了這個習慣。

「鋼琴教室最近怎麼樣？」

坐下之後，泉點了啤酒，為百合子點了礦泉水。泉小時候，來百合子的鋼琴教室上課的學生一個接一個，鋼琴聲不絕於耳。從樓下傳來的旋律似乎在告訴他，百合子並非只屬於他一個人。

「我減少了學生。」

百合子似乎對難得走進這麼熱鬧的餐廳感到不自在，在回答時也忍不住東張西望。

「為什麼？」

「因為很累，一天教一、兩個學生，就覺得累癱了。」

「那妳乾脆別教了，反正妳有年金，我每個月也可以多匯一點錢給妳。」

「什麼都不做……就會不中用。」

泉無法反駁母親的話。人和機器、玩具一樣，越不用就會越不中用。他看到了百合子手上的皺紋。百合子握著手，似乎想要遮住皺紋。

這時，啤酒和礦泉水剛好送了上來，泉慌忙翻開菜單。番茄起司沙拉、義式生章魚、雜菜煲、綜合香腸，他看到什麼就點什麼。「想吃什麼菜告訴我。」「你點就好。」

「而且學生都很可愛，像是美久就很可愛。」

「美久？」

「是一個還在讀小學的學生，現在正在練〈夢幻曲〉，每次都會在第二小節卡住，fa和re要用力彈。」

百合子低著頭，手指在方格布的桌布上咚咚地彈了起來。

「上次啊，」泉喝了一口啤酒後繼續說道，「妳不是深夜打電話給我嗎？」

百合子露出好像從夢中驚醒般吃驚的表情看著泉。

「對不起，那麼晚打電話給你。」

「那倒是沒問題，反正我還在工作。但妳晚上睡不著嗎？」

泉從那天之後一直很擔心這件事。母親向來都很容易入睡。

「嗯，偶爾。有時候會醒過來，但我睡眠很充足，今天也到中午之後才醒過來。」

百合子呵呵笑著，在臉前搖著手。

「妳要多注意自己的身體。」

「對，我會小心，畢竟上了年紀。」

「對啊。」

「但是不用擔心。」

「為什麼？」

「我最近的狀況很不錯。」

「發生了什麼事嗎？」

「因為我在喝好東西。」

百合子露出自信滿滿的眼神直視著泉。

「該不會是什麼可疑的商品吧？」

泉也看著百合子的眼睛。母親的眼神微微飄忽起來。

「沒這回事，是很正派的東西。」

汽車呼嘯而過的聲音傳入耳中，餐廳正上方的高速公路好像在搖晃。百合子喝了一口水，緩緩說起了那天的事。

上上個月，一個身穿白色套裝的中年女人來家裡。

「我正在調查這一帶的自來水情況。如果您方便，是否可以回答一下我們的問卷？」

身穿白色套裝的女人站在門口，面帶微笑地問。她身後站了一個穿深藍色西裝的年輕男人，手上拿著紙站在那裡。白色套裝女人說，他在進修，所以跟她一起上門。因為他們看起來很有氣質，所以百合子就讓他們進了屋。

白色套裝女人和年輕男人並排坐在餐桌前，百合子也坐了下來，回答問卷上的問題。她在寫有關飲食生活和睡眠、身體狀況和目前攝取藥物這些簡單的問題時，女人稱讚她的字很漂亮，再度露出微笑。女人臉上的皮膚很白，臉頰的肌膚很有彈性。

「妳認為哪些都道府縣的自來水很髒？」

白色套裝女人看到百合子寫完問卷後問。

「東京或是大阪嗎？」

百合子回答。年輕男人在一旁持續做筆記。他很瘦，那件西裝看起來太大了。

「妳知道哪些地方的自來水很乾淨？」

「新潟……北海道嗎？」

「妳知道水質乾淨與美容、長壽有密切的關係嗎？」

白色套裝女人沒有告訴百合子正確答案，拿出了厚厚一疊資料夾。檔案夾內蒐集了附有實際案例介紹氫有益健康的報導，還有雜誌專欄介紹知名棒球選手愛喝氫水，和時尚雜誌介紹女星靠喝氫水成功減肥特別報導的剪報。

「我也瘦了很多。」白色套裝女人翻著檔案夾繼續說道，「煮菜的時候使用氫水，可以更加襯托食材的美味，所以既可以抑制熱量，也可以避免飲食過量，還可以消除體內的脂肪，對減肥很有幫助。」

不再感冒。消除了肩膀痠痛。皺紋減少了。卸妝也可以卸得更乾淨。白色套裝女人接連說明了氫水的功效，最後笑著闔上了檔案夾。
「對不起……我太激動了，妳會不會覺得我很可疑？」
「不、不，沒這回事……」
百合子搖了搖頭。年輕男人仍然低頭筆記，中午過後的飯廳內只聽到筆在紙上滑動的聲音。
「妳要不要試喝看看？」
白色套裝女人說這句話的同時，寫字的聲音停止了。年輕男人從一個大公事包內拿出一個像咖啡機一樣的機器，女人從皮包裡拿出一瓶保特瓶裝的礦泉水，倒進透明的水杯中，然後打開了機器的開關。水杯中立刻冒出很多氣泡，水變成白色混濁狀。百合子有點興奮地看著好像在做自然實驗的景象，等了三分鐘後，白色套裝女人關掉了機器的開關，把做好的水倒進了塑膠杯。
「妳喝看看，和家裡的自來水比較一下。」
百合子聽到白色套裝女人這麼說，用杯子裝了淨水器的水走了回來，和剛做好的「氫水」比較了一下。「是不是很好喝？」白色套裝女人問，百合子點了點頭。氫水的口感的確比較柔和，帶有淡淡的甜味。
「這是幾天前的新聞報導。」女人說著，又拿出新的資料夾攤在桌上。坐在她旁邊的年輕男人可能之前沒看過這篇報導，伸長了脖子，做著筆記。

「這篇報導的內容是知名醫學系教授所做的研究，他用氫對老鼠做了研究，用科學的方法證明具有抑制大腦老化的效果。」

白色套裝女人說完，露出了當天的第三次微笑。

「太可疑了。」泉把紅酒一飲而盡後說，「而且準備得這麼充分，把相關報導的剪報都帶來。」

吃不完的嫩煎豬肉還留在桌上。

「媽，妳是不是遇到詐騙了？」

「沒這回事，我最近的身體的確很不錯。」

「她是根據什麼說可以抑制食物的熱量？」

「但我最近瘦了些，而且也沒有感冒……」

「要調查自來水，跑進別人家裡就很奇怪。」

「但我試喝比較……」

「絕對很可疑！」

泉忍不住大聲打斷了百合子。想到母親可能遇到詐欺，他就感到怒不可遏。百合子以前就是個濫好人，經常因為無法拒絕朋友的拜託，買一些根本不需要的鍋碗瓢盆回家，或是在學校接下了需要花很多時間處理的家長會工作。泉每次都覺得「老實人太吃虧」，為什麼媽媽每次都要答應這種吃力不討好的事？難道就不能活得更聰明嗎？他至少不希望自己的母親老是抽到下下籤。

「最重要的是媽媽最近的身體狀況變好了。」香織看不過去，插嘴勸道。她剛好在百合子開始說明氫水的時候進來，坐在泉身旁一起聽婆婆說這件事。「泉，你喝太多了。」

「那個女人聲稱的效果根本很可疑。」

「我相信也有一點心理作用，不是經常聽說有所謂的『安慰劑效果』嗎？」

「安慰劑根本不可信啊。」

「不管是什麼，反正只要有效果就好了啊。」

泉回過神，發現母親又拿起手帕擦眼淚，然後費力擠出聲音說：

「……泉，對不起，讓你擔心了。香織，對不起。但我的身體真的變好了，最近都不再感冒，膝蓋也不痛了，所以我可以繼續喝吧？」

泉不知道該對愛哭的母親說什麼，只能沉默以對。香織向泉使眼色，示意他趕快改變話題。泉聽著店內播放的開朗爵士樂，用稍微開朗的語氣說：

「媽，上次在電話中說的那件事……」

「啊？電話？」

「妳不是深夜打電話給我嗎？」

「對，我打了電話。」

「所以關於小孩的事……」

「啊？你在說什麼？」

「我上次不是告訴妳，香織懷孕了嗎？」

百合子露出困惑的笑容。她是假裝忘記嗎？還是沒有做好心理準備？香織露出責備的眼神看著泉。

「泉，你還沒有告訴媽媽？」

「我當然說了啊。」他在安撫香織的同時，看著百合子說：「媽，妳別這樣。」

「對……你這麼一說，好像有這麼一回事。香織、泉，恭喜你們。」

百合子露出滿面笑容拍著手。香織屏住呼吸，目不轉睛地看著婆婆。泉聽著沒什麼感情的掌聲，想起了握著雪時的冰冷感覺。

5

「這不是說一聲『我忘了』就可以解決的問題！」

部長大澤一走出會議室，立刻大聲咆哮。他的雙眼滿是血絲。他經常和電視台和演藝經紀公司的人應酬，晚上都喝到很晚，所以每次上午開會，他的心情就特別差。田名部立刻在他身後用帶著鼻音的聲音說：

「我說了，並不是我忘記。」

她穿了一件黑色荷葉裙，腳蹬漆皮高跟鞋，一頭栗色的大波浪鬈髮用大腸髮圈綁了起來，上半身穿了一件身材曲線畢露的高領毛衣。其他同事都是連帽衫和牛仔褲的打扮，所以她顯得格外有女人味。

「不要找藉口！」

大澤頭也不回，惡狠狠地說。

「那是我沒有參加的會議上提到的事。」

「議事錄的作用是什麼？就是要看啊。」

「對不起，我應該告訴她。」

泉插嘴說。雖然他不想被捲入這種事，但按照目前的情況，根本無法解決問題，只會耽誤大家的時間。

「葛西，並不是只要袒護部下就好，否則她會誤以為自己很能幹。」

泉發現繼續爭辯只會造成反效果，於是就把話吞了下去。

剛才發現鬧了雙包。之前公司付了破格的契約金，簽下了原本是獨立樂團的新人樂團「音樂樂團」。目前是公司力捧的樂團，行銷團隊全方位推銷他們的出道曲。因為團隊的努力，和泉很有交情的知名編劇小見山很中意「音樂樂團」，決定用來作為連續劇的主題曲。但是田名部不知道這件事，去向大型電影公司行銷之後，接到了要作為賀歲片主題曲的提案。田名部剛才在會議即將結束時，得意洋洋地向所有人報告：「原本電影公司希望是西洋歌曲，但我推薦了『音樂』，結果他們同意了。」參加會議的所有人都當場愣住了。

「田名部，妳趕快去道歉。」

大澤逼迫田名部。田名部開了口，她的眼神仍然覺得並不是自己的錯。

「我傳了電子郵件給劇組，立刻接到了回覆……」

「他們怎麼說？」

「他們想和你談，說要和高層談。」

「不要得寸進尺！」

大澤大聲咆哮時，後方教室的門打開了，一群脖子上掛著毛巾、個子嬌小的少女像螞蟻一樣陸續走出教室。「早安。」這群少女紛紛打著招呼。這些沒有化妝、滿身是汗的少女看起來完全不像是會讓觀眾擠爆東京巨蛋球場的偶像。

「兩方面都沒辦法通融嗎……？」

一直在旁邊默不作聲的新人永井幽幽地說。他頭上戴了一頂有街頭品牌標誌的針織帽，從寬鬆的連帽衫口袋裡拿出手機滑了起來。

「大澤部長，我去和小見山老師談一談。」這是泉唯一能夠想到的方法，「也會去和電視台的製作人談一下。」

永井在一旁點頭，似乎表示「沒錯，沒錯」，但眼睛仍然盯著手機。泉想起之前請他負責的ＭＶ不知道進展如何，聽說製作公司提出的估價單超出預算，但永井並沒有和泉討論該如何解決這個問題。永井找來的導演很有創意，可以拍出高品質的ＭＶ，但每次製作費都會超額。下個星期就要開拍了，他到底打算如何解決？想到永井這個人毫無根據的樂觀個性，泉就不由得憂鬱起來。原本瞪著田名部的大澤將視線移到泉身上。

「你認為有辦法解決嗎？」

「要談了之後才知道結果，但只要和電影上映的時間錯開，也許他們會同意。」

「如果可以同時用在電影和連續劇，那就太好了。」

「我認為不無可能。」

「那就交給你了。」

大澤的口頭禪是「我只想聽好消息」。功勞都攬在自己身上，麻煩事都推給部下。雖然很不得人心，但也沒有犯過什麼大錯，所以一路順利升遷。「只有那些『沒有什麼特別想做的事』的人，才有辦法在這家公司生存。」前輩谷尻以前也在這家公司時經常這麼說。

「葛西先生，不好意思，我也和你一起去。」田名部鞠躬說道，「請問什麼時候去比較好？」

「當然越快越好。我要先確認對方的時間，明天可以嗎？只不過明天是星期六。」

「我沒問題。」

「好，那妳先把明天空出來。」

「謝謝你幫了大忙。」田名部露出燦笑鞠了一躬，把高級名牌包掛在肩上，走進了電梯。泉原本打算週末去百合子家，這下子恐怕要延期了。他的眼前浮現出母親的身影。在寒冷的天空下坐在鞦韆上。母親到底發生了什麼事？

「泉，對不起，最近很健忘，你的確說過這件事。」那天晚上走出餐廳後，百合子對他說，「我原本還打算今天要問你是兒子還是女兒。」

泉打算經常抽空去看百合子，但還是以眼前的工作為優先。這些日常的瑣事讓他把母親的事一延再延。

「唉……這種事，希望他們在床上搞定。」

泉正在尿尿，永井單手拿著手機，走到他旁邊說。永井一邊尿尿，一邊用單手俐落地打字寫電子郵件。

「啊，所以你也知道？」

「怎麼可能不知道？大澤部長和田名部從半年之前就有一腿了。」

「我、不久之前才聽說……」

「泉哥，你的消息太慢了。」永井笑著把手機放回口袋，走去洗手台，「幾乎所有人都知道了。」

「大家都這麼敏感。」

「是你太遲鈍了，他們經常同一天請特休，慶功會時也一起溜走，這根本一眼就看出來了，真希望他們可以低調一點。」

聽永井這麼說，泉才發現好像是這樣。泉也站在洗手台前，聽到隔壁女廁傳來少女的嬌聲，嬌媚的聲音難以想像就是剛才那些乖巧打招呼的少女。

「但真的希望他們可以放過我們。」

「什麼意思？」

「假裝不知道不是很累嗎？大澤部長也就罷了，但現在大家也開始對田名部拍馬屁。為什麼每次遇到這種事，只有當事人以為別人不知道？剛才的吵架，聽起來也像是在打情罵俏。」

永井對著鏡子整理針織帽的造型，高談闊論起來。他每次開會都默不作聲，在居酒屋或是廁所時會突然滔滔不絕，經常難以分辨他是在自言自語，還是在和別人說話。

「大家都很善良，明明都已經心知肚明，還假裝不知道。」

泉壓了壓幫浦，洗手乳變成白色泡沫擠了出來。

「不，大家只是樂在其中而已。」

「樂在其中？」

「在安全的地方觀察，然後作為聊天的話題。讓他們兩個人自以為神不知，鬼不覺，然後在一旁看笑話，樂在其中。雖然我和其他人不一樣。」

泉看著永井一臉嚴肅的表情，想起那幾個同事不懷好意的賊笑。只要大澤和田名部在辦公室內說話，其他人就相互使眼色。之前就覺得以前曾經看過這種嘲笑，現在才發現，原來就是自己在「那一陣子」對母親的態度。

機器的吼叫聲把他拉回了現實，永井把手伸進了烘手機。「那我先走了。」永井低頭看著拿出的手機走了出去。泉獨自留在廁所內，再次聽到了少女的聲音。在磁磚牆壁上反射，產生了巨大迴音的聲音聽起來像在慘叫。

經過一段很長的彎道後，一片人工沙灘呈現在眼前。星期六的海邊擠滿了逛街購物後的民眾。不知道是否在舉辦什麼動漫節活動，戴著藍色和橘色假髮的扮裝者都默不作聲地抓著車上的吊環，塑膠座椅看起來特別小，泉覺得自己好像坐在公園的遊樂設施上。

今天早上，他告訴香織說要加班時，香織深深地嘆了一口氣。香織雙眼盯著電視，冷冷地說：「你什麼事都用這種方式拖延。」「我也很無奈啊，因為出了大紕漏。」雖然他為直到出門前才臨時說要改變行程感到有點愧疚，但還是忍不住反駁。香織關了電視後站了起來，「你每次都好像覺得事不關己，你不擔心你媽嗎？不要把工作當成藉口，認真想一下。」香織一口氣說完之後，走進臥室，關上了門。

「泉哥，你人真好。」

身旁傳來甜美的聲音。抬頭一看，發現剛才在祖母綠色的記事本上寫預定計畫的田名部正看著自己。她的眼眸是淡淡的灰色，雖然目前是乍暖還寒的季節，但她穿了一件領口開得很深的薄質針織衫搭配緊身短褲。泉的目光忍不住被她白皙的脖頸吸引。她戴了一條玫瑰金的纖細項鍊在胸前閃閃發亮。

「田名部，妳還在用紙本的記事本。」

泉的目光不經意地移向祖母綠色的封面。

「是啊，泉哥，你不是也一樣嗎？」

目前部門內只有泉和田名部兩個人沒有使用Google日曆，雖然同事都說，日程調整很麻煩，請他們趕快下載，但只有他們兩個人堅持使用紙本記事本。

「我覺得把自己的記憶和計畫輸入機器或是傳到網路上很可怕，在生理上無法接受。」

「我能夠理解。不久之前，我的手機遺失了，當時真是嚇死我了。」田名部握著祖母綠色記事本的手指很用力，「我急忙去找公用電話，完全找不到，好不容易找到了公用電話，正想要打電話，發現完全不記得父母、同事或是朋友的電話。當時真的嚇壞了，使用才十幾年，記憶就全都交給手機了。」

這時，車廂內傳來拍照的聲音。那些扮裝者開始在車廂內大拍特拍，但他們並不是相互拍照，而是用手機的前置鏡頭自拍。

「全都傳到網路上的確很方便，也不會有遺失的風險，還可以和大家分享。」

「我才不想和別人分享，一直留在那裡風險才大，而且有些記憶也希望可以消除。」田名部說到這裡，倒吸了一口氣，看著泉說：「……但如果這麼做，就不會發生這次的紕漏了。」

「不，我也有錯，忘了通知妳這件事。」

「對不起，把你也捲了進來。」

田名部低頭道歉時，泉聞到了茉莉花的味道。不知道是香水還是洗髮精的味道，她應該懂得把服裝到香氣都當作是自己的武器。

「之後電影劇組方面怎麼說？」

「他們說，只要時間錯開就沒有問題。」

「小見山老師似乎也不在意，接下來就看電視台方面的態度了。」

「太好了。」田名部笑著說，泉的目光忍不住被她富有光澤的粉紅色嘴唇吸引。電車到站的鈴聲響起，扮裝者紛紛下了車，但有一群看起來像是小學生的孩子和幾組家長上了車。車內變得擁擠，田名部柔軟的大腿貼了過來。

「……泉哥，你是什麼時候結的婚？」
「差不多兩年前。」
田名部唐突地問了這個問題，泉看著前方回答。行駛在高架軌道上的列車是自動駕駛，駕駛座上沒有司機。
「和公司同事結婚怎麼樣？」
「從一開始就很瞭解彼此的狀況，所以很輕鬆，只不過在家裡也會聊工作的事，感覺都沒辦法充分放鬆。」
「有什麼關係嘛，我很嚮往這種生活。」
香織姊很棒。聽到田名部這麼嘀咕，泉差一點問「那妳呢？」慌忙閉了嘴。他的耳邊響起大澤對著田名部大吼「不要得寸進尺！」的聲音。不知道大澤當時看著她時，臉上是怎樣的表情。
泉陷入了沉默，田名部在他耳邊細語。
「你們之前交往的時候，沒有在公司內曝光嗎？」
「曝光？」
「你們應該常約會，而且也會一起下班吧。」
「我們並沒有太在意，但好像大家也都不知道，所以當初說要結婚時，大家都很驚訝。」

「是嗎？搞不好只有你們以為別人不知道。」

泉看著在一旁露出微笑的田名部，苦笑著說：「也許吧。」

有幾個知道他們結婚的同事都說，對香織選擇泉感到很意外。因為公司的同事對她的印象就是「工作至上」，完全無法和「戀愛」、「結婚」扯上關係，而且應該沒有人會想到她竟然選擇和公司同事結婚。

從五年前，泉在烤肉店告訴她「我沒有父親」那一刻起，他就覺得會和香織結婚。她很自然地接受了這件事，和她在一起，應該可以正常過日子，不必為此感到自卑。只不過他至今仍然沒有問過她選擇自己的理由。

手上的手機急迫地震動起來。一看螢幕，上面顯示的是陌生的號碼。泉有一種不祥的預感，捂著嘴，接起了電話。

「請問是葛西泉先生嗎？」

「是……我就是。」

「你是葛西百合子女士的兒子嗎？」

「對。」對方遲遲不說到底有什麼事，泉有點不耐煩，「到底有什麼事？我媽怎麼了？」

「百合子女士目前在我們這裡。」
「所以你那裡是哪裡嘛？」
「警察局。」
電話中的聲音隨著「警察局」這三個字漸漸遠去，列車嘎答嘎答搖晃的震動聲隱約傳入耳朵深處。他心不在焉地附和著警察的話，看著出現在窗外的目的地。聳立在填海造陸地上的銀色電視台大樓宛如巨大的太空船。

打開玄關，各種色彩散亂一地。
包鞋、球鞋和拖鞋都亂七八糟地丟在玄關。對不起，對不起。百合子慌忙蹲下來整理。因為家中玄關很小，他們母子之間向來都會把脫下的鞋子放進鞋櫃。
「你肚子是不是餓了？我來煮飯。」
百合子走進廚房，打開冰箱。從客廳窗戶灑進來的夕陽照在舊鋼琴上，百合子向來都會做好調音和整理，但現在積了厚厚的一層灰。餐桌上的花已經枯萎凋零，花瓶中的水也已經是混濁的褐色。只有洗好的衣服整齊摺好，堆在沙發上。
「不用了，我喝茶就好，等一下再去車站隨便吃點東西回家。」
他從台場直接趕去派出所，沒有時間吃午餐，但完全沒有食慾，不想吃任何東西。

「別這麼說，我馬上就做好，你等我一下。」

不知道是否因為在警局太久，母親的臉上也帶著疲憊，但似乎是「必須這麼做」的執著讓她走進了廚房。

「我來幫忙。」泉也走進廚房。他覺得獨自打開瓦斯爐的母親看起來很不安。他看向水槽，發現燒焦的鍋子泡了水。可能燒焦了好幾次，不光是鍋底，就連把手也都變黑了。廚餘籃內積了很多廚餘垃圾，發出好像魚臭掉的味道。電子鍋旁和上次一樣放了三包吐司，泉伸手拿起最裡面那一包，不知道是否放太久了，背面都發霉了，他把整袋吐司都丟進了垃圾桶。打開冰箱，番茄醬和美乃滋各有兩瓶，而且蓋子都沒有蓋好。

泉衝下電車，趕到派出所時，看到百合子駝著背坐在派出所簡樸的鐵管椅上。身穿制服的中年員警目不轉睛地看著隔著桌子，坐在對面的母親的臉。「你是她兒子？」他看到跟著年輕員警走進去的泉後，請他坐在百合子旁邊的椅子上。

「媽，發生什麼事了？」

他忍不住用責備的語氣問道，百合子低著頭，什麼話都不說，旁邊放著車站前超市的白色塑膠袋。

「對方也不希望把事情鬧大。」

員警面帶笑容勸著泉。難道是因為這種事經常發生嗎？員警淡淡地填寫著筆錄的空欄，原子筆和時鐘秒針為令人窒息的狹小房間帶來些許聲音。

「有沒有付錢？」泉問員警，因為太著急，忍不住說得很快，「媽，妳也不要默不作聲，倒是說話啊。」

員警代替沉默不語的母親開了口，聲音低沉緩慢，似乎試圖讓泉平靜下來。

「因為令堂帶了皮夾，所以請她結了帳。令堂在超市內逛了兩個小時左右，店員覺得很奇怪，就注意觀察她，發現她把雞蛋、番茄和美乃滋放進自己的皮包，沒有去收銀台結帳，就打算直接走出去，被店員制止。但令堂似乎並不是故意的，她自己也很慌亂，不知道為什麼會這樣，所以店家就報了警。」

在幾份文件上填寫了必要事項後，泉和百合子就重獲了自由。「伯母，回家的路上請小心。」員警笑著對百合子說，但百合子可能太受打擊，直到最後都沒有說一句話，只是不停地鞠躬。

離開前，員警看到百合子走出派出所，小聲對泉說：「你最好帶令堂去醫院檢查一下。」

泉在水槽前洗碗時，百合子搖晃著長方形平底鍋。在鍋內倒了薄薄一層蛋液，等蛋液凝固後捲起。泉剛才點菜說：「今天只要煎蛋捲就好。」

「泉，做好了。」

百合子對泉說這句話的同時，把煎蛋捲放在盤子上。軟嫩多汁的黃色煎蛋捲冒著熱氣。

「看起來真好吃。」

甜甜的香氣刺激了食慾，他急忙坐在餐桌前，用筷子把煎蛋捲夾成兩半，把其中一半放在母親的餐盤上。百合子正在用茶壺燒開的水泡煎茶。

「你這樣夾得亂七八糟，我用刀子幫你切開。」

「反正味道一樣。」泉說著把煎蛋捲放進嘴裡。剛煎好的蛋捲還很燙，他用舌尖滾動，稍微弄涼一點後咀嚼起來。軟嫩的蛋和砂糖的甜味在舌尖上混合溶化。

以前參加運動會或遠足時，煎蛋捲是便當裡必不可少的菜色。他最愛這種雖然是菜餚，但有著像點心般的甜味。泉讀高中時，百合子曾經有一段時間常做她愛上的「高湯煎蛋捲」。雖然她自信滿滿地說，先用柴魚熬製高湯，就可以做出成熟的味道，但泉還是對帶著淡淡甜味的煎蛋捲念念不忘，很快就請她做回老味道，然後一直到現在，味道都始終沒變。

「好吃。」泉轉眼之間就把煎蛋捲吃完了，母親微笑著說：「太好了。」百合子的煎蛋捲一如往常的軟嫩甘甜。

「媽，我們下個星期去醫院。」

一定是杞人憂天。他這麼想的同時，終於開口對百合子說了這件事。

「好啊，那就去醫院。」

百合子說完，把自己盤子裡的煎蛋捲切下一大塊，放在泉的盤子裡。

6

妳今年幾歲？六十八歲。今天是幾月幾日星期幾？四月……八日，星期六。這裡是哪裡？是醫院。請妳重複我接下來說的三樣東西，等一下我還會問妳，所以請妳記住。櫻花、貓、電車。

戴著銀框眼鏡的年輕醫師用低沉的聲音發問。不知道他的興趣是不是打高爾夫球或是網球，臉曬得很黑，穿著白袍的手臂肌肉飽滿。櫻花……貓……電車。百合子結結巴巴地重複了醫生說的三樣東西，就像第一次看醫生的小孩子般戰戰兢兢。

「一百減七是多少？」

「九十……三。」

「再減七呢？」

「八十……嗯……」

「沒錯啊。」

「八十……六。」

媽，妳答對了。泉差一點這麼說。百合子正在眼前奮戰。呼吸困難，緊握的手掌都是汗水。綜合醫院診察室的窗戶是一排盛開的櫻花樹。醫生立刻繼續說：

「請把我接下來說的數字倒過來說。六、八、二。」

「二……八……六？」

「三、五、二、九。」

「嗯……九……二……五……對不起。」

「沒關係，不必在意。請妳說出我剛才請妳記住的三樣東西。」

「貓……電車……嗯……對不起……」

百合子露出求助的眼神看向泉。夠了。這句話幾乎衝到了嘴邊。醫生目不轉睛地看著百合子。

「葛西女士，怎麼樣？還有一樣東西。」

「貓……電車……貓……我想不起來。」

百合子發現泉不發一語，露出無力的笑容看著醫生。「醫生……你不要這樣整我。」她試圖把自己的出糗變成玩笑。

百合子去做腦部磁振造影時，醫生把泉叫進了診察室。

「我剛才為令堂做了簡單的測試。」

「情況怎麼樣？」

「和她來醫院之前的健忘狀況進行綜合判斷後，認為她的失智症已經到了一定的程度。」

醫生很輕鬆地說，好像在說感冒的診斷結果。不願想像的事成為現實，泉茫然地看向窗外，突然覺得盛開的櫻花感覺無憂無慮，盡情地在枝頭綻放，彷彿不知道很快就會凋零。

「雖然還必須做詳細的檢查才能確診，但目前判斷應該是阿茲海默症。其他還有路易氏體失智症和腦血管性失智症等不同的類型，但失智症有一半以上都是阿茲海默型。」

泉無法將阿茲海默這幾個字和母親連在一起，簡直就像遙遠的寓言世界蔓延的疾病，完全沒有真實感。

「一旦被診斷為阿茲海默症，本院都會開鹽酸多奈哌齊片或是利憶靈膜衣錠的處方。如果能夠發揮效果，就可以延緩惡化，但據說數個月到五年是極限。罹患這種疾病後，腦神經細胞會逐漸死亡，但目前還不瞭解病因，只是認為發病和蛋白質有關。」

診察室內可以聽到各科醫生呼叫前來看診病人的廣播聲，這棟建築物內有這麼多疾病。醫生看著說不出話的泉，繼續說道：

「葛西先生，請你好好協助令堂。失智症已經不是少見的疾病，目前日本有超過五百萬名失智症病人，八年後將達到七百萬人，將會進入每五名高齡者中，就有一人是失智症的時代。」

「所以，以後會像癌症一樣，出現特效藥，成為可以治療的疾病嗎？」

「也許是，但諷刺的是，人類會自行取得平衡。」

「平衡。」泉重複這兩個字，好像在告訴自己。有百合子，也同時有泉。這是對他們母子而言的平衡。他無法接受漸漸失去母親這件事，更不知道該如何面對百合子。

「原本人類只能活五十年，之後變得長壽，所以出現了癌症病患。隨著癌症可以治療，人類變得更加長壽，罹患阿茲海默症的病人又增加了。無論在哪一個階段，人類都必須和某種疾病奮戰。」

醫生站了起來，告訴泉說，母親很快就會做完核振造影回來了。

「即使罹患了失智症，也並不是忘記所有一切，什麼都不知道了。葛西百合子女士是你的母親，請你帶著敬意和愛對待她。」

這時，傳來輕微的敲門聲。不知道百合子帶著怎樣的表情等在門外，光是想像這件事，就感到痛苦不已。泉說不出話，剛才小聲說話的醫生大聲對著門外說：

「請進！」

醫生向百合子出示了核振造影的照片，淡淡地向她說明已經出現了阿茲海默症的初期症狀。母親完全沒有驚慌，只是點頭說：「我瞭解了。」她似乎無法理解自己的頭顱內就是眼前這些被切成圓片狀的腦。

從醫院搭計程車回家的路上，百合子始終不發一語，泉也沒有說話，母子兩人分別看著左右兩側的窗外。蜿蜒的坡道兩旁盛開的櫻花在風中撒下無數花瓣。

母子兩人喝著百合子泡的煎茶，討論接下來該怎麼辦。泉提議可以找居家看護，或是搬去和他們同住，但百合子回答說，目前想暫時一個人努力看看，只是她看起來並不知道該做什麼、該怎麼做。泉問她左鄰右舍中有沒有人可以幫助照應，她也搖了搖頭。

百合子現在幾乎沒有朋友。隨著年紀漸長，朋友都一個一個離開了。也許這就是走向死亡。

「是不是不要再教鋼琴比較好？」

母親坐在平台鋼琴前，好像在確認這件事般彈了起來。她彈的是蕭邦的〈小狗圓舞曲〉。剛開始彈錯了兩、三個音，但很快就找回了正常的節奏，小小的客廳內響起了輕快的鋼琴聲。

「我是還可以彈。」

泉聽著華麗的旋律，難以相信母親的大腦生病了。

「如果妳會擔心，要不要暫時休息一下？等狀況比較好的時候再重新教學生。」

母親會有再度教人鋼琴的一天嗎？雖然明知道可能性很小，但還是對著她矮小的背影這麼說。

百合子說，目前只有住在轉角那棟透天厝的一個名叫美久的小學女生來上鋼琴課。因為自己年紀大了，所以就減少了學生，再加上泉都會寄生活費給她，她不需要太辛苦。

她一再重複，好像在自言自語。

她一看到泉，就叫了他的名字。

「你果然……認不出我。」

泉正感到不知所措，她用手把一頭長髮抓在腦後，露出一雙細長形的眼睛。泉的記憶甦醒。雖然眼前的女人臉變圓了，但那雙眼眸和中學時代一樣。

「啊啊，三好！」

「沒錯沒錯，因為我結婚了，所以現在姓長谷川。」

「啊？所以妳就是美久的媽媽？」

「就是這麼一回事。」她露出滿面笑容，打開大門，請泉進入家中。

「我們有多少年沒見面了？」

泉坐在白色布沙發上，巡視著打掃得一塵不染的客廳。雖然住在同一個社區，和被前方的集合住宅擋住的百合子家相比，這裡的光線更充足。

「中學畢業之後就沒見過，所以已經二十年了。」

三好走過來把用花卉圖案的茶杯裝的紅茶放在泉的面前，她走路時，拖鞋鞋跟發出叭答叭答的聲音。紅茶的茶葉可能加了香料，散發出奶油糖的甘甜香氣。

「我完全不知道妳住得這麼近。」

「我在本地的短大畢業之後就馬上結婚了，我老公之前在附近的銀行上班，所以他父母就把他們的房子給我們住，之後生了美久，就這樣過了八年。」

美久的房間傳來鋼琴的聲音。是莫札特的〈土耳其進行曲〉。不知道是否在練習，每次都在相同的地方卡住。每次停下來，她都會從頭彈起。

「……所以妳已經是媽媽了，但和以前沒什麼兩樣。」

「沒這回事，已經胖得不成人形了。你呢？」

「八月的時候會出生。」

「第一胎？」

「嗯，目前正陷入苦戰，不知道該怎麼做才好，而且我太太最近心情很差。」

泉苦笑著喝了一口紅茶。

「你應該會是一個好爸爸。」

「經常有人這麼說，搞不懂為什麼。」

「泉，你才一點都沒變，你以前就看起來很成熟。」

「因為我是單親家庭。話說回來，妳應該告訴我，妳女兒在向我媽學鋼琴。」

「但我又不知道你的電話。你嚇了一跳嗎？」

「當然啊。」

「其實我從讀中學的時候就很崇拜你媽。」三好小聲嘀咕後，豎耳聽著女兒彈鋼琴的聲音。這一次又在同樣的地方卡住了。她用和高中時相同的低沉聲音繼續說：

「……葛西老師很漂亮、很時尚，鋼琴又彈得好，我很希望有朝一日可以向她學鋼琴。但我已經沒有機會了，所以現在我女兒在上葛西老師的課。」

「我完全沒有發現，果然太遲鈍了。」

「為什麼這麼說？」

「別人經常這麼說我。」泉自嘲地說：「雖然看起來像是個好爸爸，但很遲鈍。」

泉在讀中學三年級時搬來這裡。百合子租了一棟剛好可以放平台鋼琴的小房子，打算在這裡重新招新學生教鋼琴。

轉學的那一天，老師在班會課上向全班同學介紹了他。正當他在新教室內不知所措地走向自己的座位時，旁邊傳來一個聲音。

「葛西泉同學？」

那個少女頭髮很濃密，眉毛也很粗。白皙的圓臉上，有一雙好像畫了兩條線般的細長形眼睛。

「對，是。」

雖然是同學，但泉忍不住用敬語回答，搓著制服的袖子，化解內心的羞澀。

「你是從哪裡轉學來的？」

「南區。」

「我讀幼稚園的時候也曾經住過那裡。」

三好瞇起細長形的眼睛低聲笑了起來。女生找他說話的害羞，和有人搭理他的興奮讓他的體溫略微上升。

也許是因為那是新興城市的中學，班上女生幾乎都把裙子縫短，露出了膝蓋。在眾多把眉毛拔細，頭髮染成棕色的學生中，只有三好的一頭短髮像日本娃娃般漆黑，裙子也長到小腿，讓她看起來很土，但她的純樸讓泉感到安心。

在暑假結束後，三好完全變了樣。當她在新學期的第一天走進教室時，全班所有的同學都大吃一驚。她的頭髮梳得很整齊，染成了淺色，裙子也短到膝蓋上方，露出白皙的大腿，襯衫襯托出她豐滿的胸部。仔細一看，她的嘴唇擦了淡淡的口紅，脖子散發出甜甜的香水味。

聽說三好和佐古田老師在交往。中午吃便當時，坐在旁邊的足球隊隊員山內小聲告訴泉。他們在放學後的教室裡親嘴。有人看到他們星期天在家庭餐廳約會。有人看到他們從摩鐵走出來。傳聞不脛而走，所有人都用好奇的眼光看著脫胎換骨的三好。因為大家都小聲討論，以前上佐古田的課時，大家都昏昏欲睡，如今完全變了樣。上數學課時，只要他一站上講台，全班學生都屏氣凝神地觀察著他和三好。

有一天，泉獨自騎著腳踏車從校門離開。「載我一程！」身後傳來一個聲音，三好衝了過來。這是暑假之後第一次和她說話。「剛好順路。」她不由分說地按著短裙，跳上了腳踏車後座。

因為是社團活動的時間，所以附近並沒有班上的同學。萬一被同學看到，別人不知道會說什麼。要在被人看到之前趕快離開學校。泉用力踩著踏板。當腳踏車的速度加快時，三好伸手抱住了泉的腰，柔軟的胸部貼著他的後背。

「……泉，你有沒有曾經喜歡過別人？」

「為什麼突然問這種問題？」

持續曝曬在秋老虎烈日下的柏油路面冒著蒸騰的熱氣，載了兩個人體重的腳踏車踏板很沉重，他很快就上氣不接下氣。他故意假裝漠不關心，掩飾內心的慌亂。

「沒有嗎？」

耳邊傳來三好的低沉聲音聽起來格外生動。

「小學的時候，曾經喜歡過一個女生……」

「怎樣的女生？」

「個子很高，跑步特別快。」

「搞什麼嘛，怎麼聽起來像是女生會喜歡的對象。她很可愛嗎？」

「應該吧。」泉有點想不太起來個子很高，跑得很快的初戀對象長什麼樣子，只記得她跑步的身影，和身影的輪廓很優美。

「三好，妳有喜歡的人嗎？」

前方就是坡道，泉站了起來。他站著騎腳踏車時鼓起勇氣問。

「有啊！」

泉問得不乾不脆，但三好的回答很乾脆，然後小聲補充說：「而且比我大十歲！」

「為什麼？」

泉發問的聲音忍不住變尖了。

「嗯……不是感覺很穩重嗎？」三好用好像自問般的語氣回答，「但其實他不是我喜歡的類型，長得不帥，也不夠瀟灑，年紀也比我大一倍。想當初明明是因為他一直追我，所以我就答應和他交往。」

「現在已經分手了嗎？」

「沒有，但我漸漸發現自己也喜歡上他了。」

「這樣不好嗎？」

「你不覺得很不甘心嗎？每次都是我打電話給他，而且還寫信給他，但他最近很冷淡，可能已經不喜歡我了。」

佐古田總是穿一件很舊的棕色開襟衫，戴一副霧霧的銀框眼鏡。在黑板上寫字時，小聲說明如何解題。不知道他會對三好說什麼，會在她耳邊細語說「我喜歡妳」、「我愛妳」嗎？泉內心湧起一種既不是同情，也不是憐憫的奇妙親近感。

「他一定……太忙了。」

「你果然沒有喜歡過別人。」坡道越來越陡，腳踏車的把手搖晃起來，他可以感受到三好抱著他腰的手用力，「一旦喜歡一個人，就會把忙不忙或是顧慮之類的事拋在腦後。」

「會這樣嗎？」

「嗯，會整天都想著對方。喜歡上一個人，就會像傻瓜一樣。」

來到坡道頂端時，三好說了聲「我家在那裡」，就從後座上跳了下來。她的裙襬飄了起來。「妳喜歡的是佐古田老師嗎？」上氣不接下氣的泉還來不及開口問，三好就衝向斑馬線。斑馬線的人形綠燈快速閃個不停。

「泉！」

三好過了馬路後叫了一聲，泉轉頭看著她。夕陽下，行道樹在他們兩個人之間拉著長長的影子。

「剛才那些話不要告訴別人！」

三好露出燦爛的笑容後向他揮了揮手，那雙細長的眼睛在白皙的臉蛋上瞇成兩條細線。雖然她的外形完全變了樣，但低沉的聲音和剛認識她時一樣。泉情不自禁露出了笑容，也向她揮著手。

這是他和三好最後一次聊天的記憶。

佐古田突然離職。聽說他和三好之間的關係在老師之間傳開了，校長質問他，他就說出了一切。有同學看到三好的父親勃然大怒地衝進老師辦公室。

佐古田離職的那一天，全班同學都在簽名板上寫臨別感言。老師，謝謝你。多保重。大家都寫一些平淡無奇的話，只有一個人的留言引人注目。

我想忘了老師，但一定會情不自禁想起來。

這句話用小字寫在簽名板角落。黑色的原子筆只寫了這句話和名字，和其他女生都用彩色的筆留言，還附上插圖形成了對比。

喜歡上一個人，就會像傻瓜一樣。

泉覺得耳邊聽到了三好低沉的聲音。

「昨天晚上，葛西老師打電話來家裡，說她想休息一陣子。」

三好去廚房重新倒了紅茶後回到客廳，「家裡只有這個。」她把裝了各種動物造型餅乾的盤子放在茶杯旁。

「老師身體不好嗎？因為事出突然，所以很驚訝。」

「有點狀況，不好意思。」

大象、河馬、牛、兔子。泉心不在焉地看著烤成焦糖色的動物，所有動物的身體中央都烙上了英文名字。

「美久每個星期都很期待，所以真的很遺憾。葛西老師看起來身體很好啊。」

「不……我就是為了這件事而來。」

「什麼事？」

「我想瞭解我媽最近的狀況。」

百合子從來沒有向泉提過她的狀況。母親的症狀到底有多嚴重？之後會如何發展？昨天晚上，他躺在床上用手機查了失智症的相關資料，結果不知不覺天就亮了。

他在中午過後醒來，下樓走去客廳，發現母親又坐在鋼琴前，茫然地看著窗外。春天柔和的陽光灑在屋前的庭院內。「真的很對不起美久。」她仍然很在意鋼琴課的事。泉突然想到，也許美久和她媽媽瞭解百合子的病情，於是決定登門造訪。

「我不是很清楚……因為並沒有常常見面。」

三好困惑地說，泉又追問：

「如果有發現什麼異狀，可以請妳告訴我嗎？任何枝微末節的事都沒有關係。」

「……她好像突然瘦了，感覺好像小了一圈……要不要問美久？」

三好叫了女兒的名字，〈土耳其進行曲〉的旋律停了下來。隨著一陣輕盈的腳步聲，和三好像一個模子刻出來、但尺寸只有三好一半的少女出現在眼前。母女兩人長得一模一樣，簡直就像複製人。她看到桌上的餅乾，向母親確認：「我可以吃嗎？」然後拿起了企鵝。

「老師每次都在同樣的地方彈錯。」

美久吃完企鵝後，又把駱駝放進嘴裡，回答了泉的問題。

「同樣的地方？」

「〈土耳其進行曲〉。我每次彈錯的地方，老師也會卡住。」

「怎麼會這樣？」泉笑了起來，跟著美久吃了一塊印了「BEAR」的餅乾。奶油的香氣和淡淡的甜味在嘴裡擴散，「明明是老師，真奇怪啊。」

「對啊。老師會說，對不起，她也彈錯了，然後又開始彈，結果又在同樣的地方停下來。」

美久接連把動物放進嘴裡。不知道她在為百合子擔心，還是根本不在意。從她的表情中無法瞭解她到底是哪一種心情。泉發現深藍色的盤子裡只剩下一塊餅乾，最後的焦糖色蝙蝠好像一動也不動地看著他們。

橘色陽光從門上的圓形窗戶照進玄關，泉正在穿鞋子，站在門口的三好叫住了他。她說她想起一件事。

「……有一次我送美久去葛西老師家，她匆匆忙忙從家裡走出來。」

「上課的日子？」

腳遲遲無法塞進球鞋，他只能用鞋尖踢著門口的水泥地問。這雙球鞋的尺寸小了一號。早知道不該在網路上購買。

「對，我問她，老師，妳要去哪裡？她回答說要去接人。我問她要去接誰，她也不回答，所以我就說，今天是上鋼琴課的日子，她才好像突然回過神說，原來是這樣，美久，對不起。不知道老師是不是健忘，感覺有點奇怪。」

「……這是多久之前的事？」

「好像是三個月前。對不起，雖然當時覺得有點奇怪，但之後聊天感覺很正常，也像之前一樣正常上課。」

「三好，妳不必道歉，我也完全沒有察覺我媽身體出了問題。」

右腳的腳踝塞不進鞋子，他一次又一次踢著水泥地。隨著一聲像刮到碎石子的聲音，原本貼在鞋尖的橡膠剝落了。他忍不住嘆了一口氣。剝落的橡膠縫隙露出的褐色黏膠看起來很髒。

「泉……」三好對低頭看著鞋子的泉說，「在葛西老師回來之前，我不打算去找其他老師，美久也這麼說，所以請你轉告她，希望她早日康復。」

走進車站前的藥妝店，過剩的日光燈光線讓他感到頭暈目眩。店裡大聲廣播著特賣商品，店員忙碌地整理貨架。離開三好家後，泉不想馬上回去百合子那裡，花了十五分鐘走到車站。

「如果要買什麼東西，我可以帶回去。」泉在電話中對百合子說，百合子要他買衣物柔軟精和洗碗精回家。他把這兩樣東西放進購物籃後走回入口，拿起堆在入口的衛生紙。家裡廁所沒有衛生紙，地上放著盒裝的面紙。泉以前住在家裡時，百合子向來不喜歡洗碗精或是衛生紙用完再買，隨時都會囤貨備用。

成人紙尿布和防水尿墊、防水免洗床單、口腔護理保溼凝膠、高熱量營養補充食品和容易吞嚥的粥品等即食料理包。走去收銀台的途中，看到許多高齡者專用的商品。

他之前從來不曾發現藥妝店有這麼多看護用品。這家藥妝店、車站前的公車站和便利商品都擠滿了高齡者。以前的新興城市漸漸變成了高齡城市。即將邁入每五個老人就有一個失智症病人的時代。醫生昨天的預言好像漸漸逼近眼前。

百合子吃完從超市買回家的綜合握壽司，什麼話也沒說就走回臥室，簡直就像已經非常想睡，再也撐不下去的幼兒。因為才晚上九點，泉洗了堆在水槽中的碗盤，清理了被溢出來的湯汁弄髒的瓦斯爐。

冰箱裡塞滿的食品幾乎都過了賞味期限，氫水杯已經發霉，他把所有東西都丟進了垃圾袋。

他又打掃了已經堵塞的浴室和洗手台的排水孔，上面黏了好幾層纖細的白髮。泉小時候吃完晚餐早早上床睡覺後，母親應該也曾經做這些事。

他在整理飯廳內碗櫃抽屜中塞滿的廣告單和水電費收據時，發現有幾本失智症患者的手記和有關治療方法的書籍。母親什麼時候買了這些書？他忐忑不安地拿起來，發現其中一本書中夾了一個信封。

「是不是要把她接過來一起住比較好？」

香織坐在眼前的座位上，握著托特包的角落。皮包提把上的孕婦標誌在晃動。

「事情哪有那麼簡單，孩子就要出生了，而且目前住的地方也太小了。」泉握著吊環，低頭看著香織。早晨的地鐵很擁擠，他們都小聲說話。

「搬家也沒問題。」

「妳要慎重，房貸也還沒有付清。」在新宿買的大廈公寓還要付三十年的貸款，「更何況還要照顧孩子，妳生完孩子之後，不是打算回去上班嗎？」

「你媽有什麼打算？」

「她說暫時想自己努力看看，她可能也不想離開熟悉的環境。」

「你不必為我擔心。」昨天晚上，百合子在玄關對泉說：「我暫時還沒有問題。」她露出了笑容，好像在激勵自己。「我下星期再來看妳，有什麼狀況，隨時打電話給我。」泉無法還以笑容，打開拉門走出家門，然後啪地一聲關上了門，留下一臉不安的母親。

「所以要請人照顧她嗎？」

「目前看起來還不需要，但也許不久的將來就需要了。剛開始只能請照顧服務員或是日間照顧。」

昨天打電話給區公所支援中心介紹的照護支援專員。聽起來像是中年女人的窗口用開朗的語氣說明了失智症患者能夠接受的服務。

「所以就是長照服務吧。」

「照顧服務員會來家裡幫忙做飯、洗澡，日間照顧就是去日間照顧中心吃飯、洗澡、做復健，然後晚上再接回家。」

「會不會很貴？」

香織在問這個問題的同時，地鐵進入了地面路段。車窗外是大學的操場，身穿白色制服的學生揮著前端有一個像籠子般的棍子在操場上奔跑。

「聽說費用很經濟實惠，而且也有長照險。」

香織以前曾經告訴泉，那是名叫袋棍球的運動項目。聽說雖然看起來還好，但其實是一項激烈的運動，只不過春天柔和的陽光讓這項運動看起來感覺很悠哉。

「等到她無法獨立生活時怎麼辦？她可能又會像上次一樣出門之後，就不知道自己在做什麼了……」

「如果狀況繼續惡化，也許只能送去安養院。」

「但現在安養院都滿了，根本無法輕易入住。我記得有一個親戚一直在排隊等待入住。」

香織摸著隆起的腹部，似乎在擔心孩子的未來。「最近常常踢我。」今天早上聽她這麼說，摸了她的肚子。咚咚咚咚，手掌感受到比想像中更有力的震動。

羅患失智症並不是終點，而是一切才剛開始。照護支援專員在電話中這麼告訴泉。照護的好壞或是關心的多少不一定能夠抑制病情的惡化，但身為家人，只能盡力而為。照護支援專員在這麼鼓勵泉之後，向他說明了長照認證制度和長照險的使用方法。雖然照理說並不會太複雜，但他幾乎沒聽進去。

歌手專輯封面的拍攝工作提前結束，泉沒有回公司，就直接去了髮廊。最近為了陪百合子看病和處理工作上的紕漏，已經兩個月沒剪頭髮了。

「頭髮好亂啊。」

泉坐在椅子上，熟識的髮型師在為他梳頭髮時說。髮型師瘦瘦的身上穿了一件緊身的豹紋襯衫，下半身是鮮紅色的緊身褲配厚底靴。比起髮型師，這身打扮更像是龐克搖滾歌手。

「每天早上整理得很辛苦。」

「如果不持續保持有型，就會越來越大叔。」

髮型師笑的時候，嘴角的唇環跟著抖動。雖然這個髮型師看起來很不好相處，但每次都讓泉享受了舒適自在的時光。

「你的白髮越來越多了。」

髮型師用食指和中指夾起頭髮後剪了起來。

「果然是這樣嗎？」

其實只要對著鏡子和髮型師說話就好，但泉每次都會忍不住轉頭。

「後腦勺特別明顯。」

髮型師輕輕推了推泉的頭，讓他朝向正面，剪刀俐落地剪下他的頭髮。這位髮型師的技術在店裡數一數二，之前曾經聽洗頭的新進員工說，明年就會升上店長。

「如果你在意，要不要染一下？雖然你現在這樣也很有味道。」

聽到髮型師發問的同時，泉聞到了一股刺鼻的染髮劑味道。轉頭看向隔壁，看到另一位髮型師正在為一名中年女性客人塗上白色的藥劑。他以前從來沒有注意過這種事。

泉讀大學的時候，百合子第一次買染髮劑回家。不知道是否覺得丟臉，她把染髮劑藏在洗手台下方的收納櫃內，不希望被泉看到。當他看到藏在洗衣粉和備用的洗髮精後方的染髮劑時，第一次發現母親老了。

上個週末，在百合子家發現一個白色信封。

夾在有關失智症書籍內的信封上印了鄰町一家綜合醫院的名字。他輕輕拉開椅子，坐在餐桌旁，以免發出聲音。窗邊排放了三個花瓶，花瓶中都沒有花。頭頂上傳來秒針的聲音，抬頭一看，母親回房間睡覺已經三個小時了。他打量信封片刻之後，抽出了裡面那張摺了三折的紙。

前額葉、頂葉有血液循環分布不均勻的部分，尤其顳葉、枕葉有血液循環不良的情況。

這是針對腦部各部分進行診斷的檢查報告，上面還寫著疑似阿茲海默型失智症，需持續觀察的文字。泉看了報告的日期，發現已經是半年前的事。

回想起來，百合子那一陣子經常打電話給他。即使問她有什麼事，她也不明說，泉每次都在電話中說「對不起，我在忙」，硬是掛上了電話。雖然搭電車才一個半小時的距離，自己卻從來沒有回家看看。

泉隔著鏡子看著髮型師正在混合棕色藥劑的身影，回想著當時的記憶。母親一定從那個時候開始，就已經出現了症狀。雖然她什麼都沒說，但她的確曾經向自己求助，自己卻沒有發現。如果自己更早發現，也許可以延緩病情的惡化。想像母親獨自去醫院檢查的身影，就懊惱得幾乎無法呼吸。

混合後的深棕色藥劑漸漸變成了白色，泉注視著在塑膠杯中漸漸脫色的藥劑，想到自己也會漸漸老去。

五個月後，孩子就會出生。人生就是後浪持續推前浪。

7

右手的食指按了兩次、三次門鈴。

高亢的鈴聲也響了兩次、三次。腳步聲漸漸靠近，然後在門前停了下來。不知道那個人是否用貓眼在窺視，可以感受到有人在門內屏住呼吸的動靜。雨點滴滴答答地用力打在屋頂上，門仍然關著。我握緊拳頭，用力捶著門。咚咚咚。水滴溼了手背。泉！你在嗎?!這時，聽到了門鎖轉動的聲音。深棕色的門緩緩打開。請問……有什麼事嗎？我無法看到門內人的臉。我兒子泉有沒有來這裡？泉……嗎？對，他還沒有回家。外面在下雨，而且很冷，我擔心他迷路了。雖然他已經讀小學了，應該不至於迷路，但我還是很擔心，在家裡坐立難安，想到可能來三浦同學家玩了。泉和三浦同學是好朋友，他們經常一起玩……三浦的媽媽從門縫中探出頭，不發一語看著我。為什麼不回答我的問題？我忍不住想要問她，但拚命忍住了。我聽到有人在二樓走來走去的動靜。果然在這裡。三浦的媽媽移開了視線。她果然在說謊。泉，你在二樓吧！我推開門走了進去。喂！妳不要這樣！三浦的媽媽抓住了我的手。她的臉上看不到五官。放開我！我甩開她的手，來不及脫鞋子就衝上了樓梯。泉、泉、泉，媽媽來救你了。啊，照服員二階堂太太也在。她總是不打一聲招呼就自己跑進我家，我要把存摺、現金都藏好。啊啊，我肚子餓了。我肚子餓的時候就要吃飯！我也可以自己洗澡！我又不是小孩子！衝上樓梯後，我打開眼前那道門，看到三浦同學坐在書桌前，獨自吃著甜麵包。三浦同學，你知道泉在哪裡嗎？他瞪大眼睛，露出害怕的表情看著我。他一定也隱瞞了什麼事。泉在哪裡？在我大叫的同時，桌上的麵包屑動了起來，簡直就像螞蟻般爬向四面八方。不要！三浦的媽媽再度抓住我的手臂。為什麼要把他藏起來？為什麼？到底為什麼？喔喔喔喔嗯。這時窗外突然傳來怪獸般的吼叫聲。房子發出了擠壓的聲音，用力搖晃起來。巨大的影子經過窗外。我忍不住跑到窗前向外張望。電線像鞭子一樣彎曲搖晃。淺葉沒事吧？我衝出二樓的房間，衝下樓梯。一打開門，發現一棟又一棟房子在傾盆大雨中沿著坡道向下滑落。我急忙想走下坡道，卻遲遲無法前進。你媽媽一直都沒有再婚。泉，你媽媽有沒有讓你餓肚子？你沒有爸爸，在很多方面都很不方便吧？滑下坡道的集合住宅四方形窗戶內，有大大小小、各式各樣的人影。百合子，妳做了那種事，竟然還有臉回來。泉，你是不是很孤單？你媽媽太自私了！經過眼前的每一個影子都在小聲說話。不是！我……泉也……泉一定也是！我獨自走在空無一人的車道上，走了很久很久，既沒有車子，也沒有人影，甚至聽不到鳥啼聲。淺葉在哪裡？當我抬起雙眼，在筆直的道路前方看到了大海。白色的船浮在海面上。我走到那裡，發現雨突然停了。不，不是雨停了，而是有人為我撐起了傘。淺葉站在我身旁。百合子，對不起，等很久了嗎？他單手拿著黑色的雨傘，對我露出了笑容。沒有，你不必放在心上。因為我喜歡在這裡看船。淺葉默默點頭，摟住了我的肩膀。我向泉隱瞞了這件事，但我現在最幸福。淚水流了下來。現在最幸福。我又聽到了怪獸的咆哮聲。海嘯撲了過來。喔喔喔喔喔嗯。海浪打向船隻，船隻傾斜著。泉！你在哪裡？你一個人回家了嗎？可能迷了路。灰色的天空中出現了半圓形的煙火。一個、兩個、三個。下半部分好像被橡皮擦擦掉了一樣看不到。啊啊，我必須趕快找到兒子。淺葉，對不起，我必須去陪泉。百合子，等一下。我甩開了淺葉寂寞的聲音，跳到了船上，一級一級走下通往船艙的階梯。泉肚子一定餓了。我要為他做甜味煎蛋捲，還有他最愛的牛肉洋蔥燴飯。啊啊，我肚子餓了。我要把存摺藏在哪裡好呢？美久，fa和re要用力彈。我不是說了，我要自己洗澡嗎！這裡是哪裡？我打開眼前的門。小桌子和小椅子。大黑板。泉舉起了手，連手指都伸得筆直。美樂斯怒不可遏，他下定決心，一定要鏟除那個老奸巨猾、暴虐無道的王。美樂斯不諳政治，他只是村莊裡的牧人，每天都吹著笛子，和羊兒嬉戲度日。

＊

突然吹來一陣風，把傘吹翻了。握傘的手可感受到傘骨被風吹彎，變成扭曲的形狀。接近傍晚時分，雨更大，風也更大了。泉已經在街上走了兩個小時，仍然沒有找到百合子。雨水像河流般從坡道上方流了下來，他的球鞋都溼透了。媽！他叫了無數次，但都被激烈的雨聲淹沒了。

氣象預報員在新聞節目中說，颱風將在今晚深夜在關東地區登陸。「那今天晚上要早點回家。」泉小聲嘀咕。「那今晚要不要在家裡煮晚餐？」正在看雜誌的香織抬起頭說。「你想吃什麼？」「餃子。要不要偶爾一起包餃子？」「不錯喔。」

泉在傍晚離開公司，在超市把絞肉和餃子皮放進購物籃時，手機震動起來。「照服員二階堂太太」。他猶豫著該不該接起電話，抬頭看向店外，發現行道樹激烈搖晃。「百合子阿姨不讓我幫她洗澡。」「最近她好像吃太多了。」「百合子阿姨說她的錢少了……」。每次接到二階堂的電話，都是母親發生了什麼狀況。泉每次都驚慌失措，她總是滿不在乎地一再重複「沒關係」。

「葛西先生，百合子阿姨不見了！」

泉把手機放在耳邊，電話中傳來二階堂難得緊張的聲音。

「我去百合子阿姨家的時候，她已經不在家了，我在附近找了一下，仍然沒找到，我剛才已經報警了。」

「又來了嗎……？」

泉忍不住嘆氣。

「對不起……」電話中傳來二階堂幾乎聽不到的聲音。她應該已經努力找了，泉知道自己不該對二階堂生氣。二階堂每個星期去母親家照顧她三次，但並不是一天二十四小時都只有照顧百合子一個人而已。

泉急忙把食品放回貨架，把空購物籃放回原處，準備走向出口。但購物籃放歪了，無法順利和其他籃子整齊疊在一起。原本想直接走出去，但還是很在意，於是又走了回來，粗暴地把購物籃放好。

車內廣播通知，由於雨勢太大導致電車延誤。還不到傍晚巔峰時段的電車空空蕩蕩，雨就像被風吹起的窗簾般舞動著從天而落。

這兩個月，香織的身體狀況不理想，家事都由泉包辦。他整理家裡，為迎接分娩做準備，也買好了嬰兒床和嬰兒被。在工作上，遭到電視台的製作人抱怨，合作鬧雙包的問題始終無法解決。大澤部長仍然一副事不關己的態度，讓泉成為眾矢之的。除此以外，一直擔心的ＭＶ超出預算、簽約疏失、藝人緋聞等麻煩事接連發生，他經常星期六、日也要去公司加班，每個星期只能去看百合子半天。

「二階堂太太不打一聲招呼就自己進屋了。」

泉一走進家門，百合子就迫不及待地開始數落對二階堂的不滿。

「我覺得錢好像變少了，搞不好被她拿走了。」

「她不可能做這種事。」

「……我跟她說了，我要自己洗澡，她也都不理我，我又不是小孩子。」

以前同住時，母親即使內心有不滿，也絕對不會說出來。她似乎認為吞下不滿，默默過日子是一種美德，但現在簡直就像這些壓抑在內心的不滿一下子全都暴發了。

「她每次很晚才煮好飯，我都餓壞了，最後只能自己去便利商店買東西回來吃，花錢請她根本沒有意義。」

百合子在說話的同時吃著泡芙。她總共買了四個，轉眼之間就把四個全都吃完了，而且才剛吃完午餐沒多久。以前母親胃口很小，泉對她的巨大改變感到驚訝，而且覺得她的臉似乎變圓了。難道是內心的慾望全都顯現出來了嗎？

「啊……我肚子好餓。泉，你午餐要吃什麼？要不要吃牛肉洋蔥燴飯？」

「媽，不用了。」泉用力擠出笑容。上個月，接到瓦斯公司的電話，說家裡的瓦斯一直沒關。百合子一定想要做什麼，結果轉身就忘記了。那次之後，家裡的瓦斯總開關就一直關著。

泉走出離百合子家最近的車站，發現二階堂在驗票閘門等他。她矮小肥胖的身體完全包在雨衣內。「真的很抱歉。」她深深地鞠躬。二階堂平時是個樂天派，泉有時候忍不住有點擔心，但此刻看到她身體微微發抖，不禁臉色大變。「我找了很久都找不到，你知道她可能去哪裡嗎？」泉聽了二階堂發問後，想回答百合子可能去的地方，卻完全想不到任何地方。雖然明知道外面下著傾盆大雨，即使漫無目的地衝出家門去找人也無濟於事，但還是無法坐在家裡，於是撐著傘，衝向家門前的坡道。

上上個星期的深夜，百合子去走路十五分鐘左右的一棟房子拚命敲門，幸好那戶人家不願追究，所以事情才沒有鬧大，但當泉趕到時，母親不停地對他說「我一直在找你！」時，他忍不住斥責：「媽！妳別這樣！」

他牽著母親的手走在深夜的街頭。「泉，要走這裡。」母親走在前面的背影就像無聲電影裡的人那樣動作匆忙。雖然她很有信心地走在前面，但很快就不知道該在哪裡轉彎。為了掩飾自己的糗樣，她大聲地問：「泉，最近工作怎麼樣?!」「小孩子的名字取好了嗎?!」百合子的聲音在深夜的街頭迴響。「妳小聲一點。」當他斥責母親時，發現自己覺得母親很丟臉。

病人並不覺得自己到處亂走，而是有什麼目的，或是有什麼讓他們無法乖乖留在家裡的理由，所以才會外出遊走。有人會回老家，也有人逃出家門，所以請不要認為那是奇怪的行為。

雖然去看病時，醫生這麼說，但泉還是無法克制自己的語氣變得嚴厲。在家庭餐廳內、送母親去日間照護中心時、在車站內，當母親大聲說話時，他忍不住大聲說：「妳別鬧了！又不是小孩子！」我的母親怎麼會變成這樣？

媽！泉叫了好幾聲，都沒有反應。家裡一片漆黑。玄關仍然丟滿了鞋子。他放下被風吹彎的雨傘，走進客廳打開了燈，但還是不見人影。只有上週末和百合子一起買的繡球花的紫色為房間帶來生命感。

也許百合子已經先回家的一絲期待遭到粉碎，他無力地癱坐在沙發上。淋溼的頭髮上的水滴滴落在木頭地板上，強風搖晃著木造的房子。這種颱風天，百合子到底去了哪裡？他努力回想母親的話，試圖瞭解母親。

泉沒有回家期間，母親在轉眼之間失去了某些東西，也因此影響到病情的惡化。有時候一下子惡化，有時候又突然緩和下來。當他請教醫生，為什麼病情惡化得這麼快，醫生淡淡地說，也許和令堂年紀還很輕有關。

泉從上個月開始，經常在下班後來看百合子，儘可能住在家裡。百合子經常在晚上獨自外出遊走，當把她帶回家裡，讓她換上睡衣，她哭著說「這裡不是我家」、「我想趕快回家」，然後又換上洋裝出門。好不容易讓她平靜下來，她終於回臥室休息，結果半夜又起床開始收拾東西。

泉聽到動靜醒來走去廁所，發現百合子蹲在馬桶旁。泉覺得腳尖碰到了什麼冰冷的東西，低頭一看，發現黃色液體正在擴散。顏色就像刨冰的糖漿般鮮豔，他花了一點時間，才意識到那是尿液。

讓百合子脫下溼透的睡衣，帶她去浴室沖身體。他不想看到母親的裸體。看到百合子像木頭般站在那裡不動，忍不住冷冷地說：「身體至少要自己洗啊。」母親緩緩拿起肥皂，然後就愣在那裡。她不知道該做什麼嗎？蓮蓬頭的熱水沖在她駝著的後背上。「媽，對不起。」泉低著頭，從百合子手上拿過肥皂，為她洗了身體。

走出浴室後，用毛巾為她擦拭身體，然後把照護用尿布和睡衣交給她，讓她穿上。但百合子似乎不知道該先穿什麼，穿了又脫，脫了又穿好幾次。不知道是因為覺得抬不起頭，還是睡迷糊了，不停地問：「泉，你有沒有正常吃三餐？」

之後那一陣子，百合子的症狀似乎稍微緩和，這幾天都沒有接到二階堂的電話，還以為難得有機會和香織在家裡吃晚餐，沒想到……

現在不能坐在這裡不動。泉把家裡的雨衣套在身上衝出了家門。風更大了，對面集合住宅院子裡種的花草激烈搖晃，幾乎快被折斷了。像小河般的濁流流過腳下，連襪子也馬上就溼了。

百合子在除夕夜獨自坐在鞦韆上。那時候已經出現了徵兆，自己為什麼沒有馬上帶她去醫院檢查？他自問著這些沒有答案的問題，走到了公園，無人的鞦韆被風吹得東搖西晃。對了。他轉身跑向三好家。

美久打開了門，看到淋成落湯雞的泉，立刻叫來母親。三好說，中午過後，看到百合子走下坡道，還說要去接泉。泉道謝後衝了出去，身後傳來三好大叫的聲音：「要不要幫你一起找?!」

要不要再去車站、超市、花店找一下？但既然百合子在中午過後就走下坡道，已經是五個多小時之前的事。泉有一種不祥的預感，忍不住想要嘔吐。他小心翼翼衝下坡道，避免自己跌倒。腳踝承受了全身的體重，震動了胃部。用力打過來的雨聲和呼、呼的喘息聲像合奏般在雨衣內響起。媽，妳在哪裡？他拚命奔跑，尋找母親的身影，突然想起了不安的感覺。

小時候，他經常迷路。

「泉讀幼兒園時經常走失。」

第一次把香織介紹給百合子時，百合子笑著告訴香織。

「有嗎？我不記得了。」泉反駁道。

「你真的不記得了？」百合子聳了聳肩膀。

「從幼兒園回家的路上，經常不知道跑去哪裡。在超市買東西時，只要稍不留神，你就跑不見了。」

「太意外了，」香織皺著眉頭笑了起來，「我一直以為泉是乖寶寶，沒想到他竟然是問題兒童。」

「竟然說我沒有記憶時期的事，這根本是違規，更何況是無可奈何的事……」

泉苦笑著說，母親打斷他，繼續說了下去。

「對了對了，第一次帶他去遊樂園時，他也很快就走失了，我到處找他，找到的時候已經是傍晚了，最後只買了糖果給他就回家了。」

泉在滂沱大雨中奔跑，回想起百合子在遊樂園入口哭著向自己張開雙手的身影。當時他不知道母親為什麼會哭，但在尋找迷路的母親時，泉想起一件事。那一陣子，自己是故意走失。

泉總是希望母親來找自己。

手上的手機震動起來。他抱著一線希望，用被雨淋溼的手按下了通話鍵。

「聽說已經在小學的教室裡找到了百合子阿姨。」

二階堂說完後，又在電話彼端補充說：「我剛才接到警察的電話。」

太好了……泉感到雙腿無力，停下了腳步。

「但是她為什麼會去那裡？」

泉忍不住問道。即使在這種時候，仍然想瞭解原因。

「先不管這些，請你馬上去學校。我也會馬上去！」

二階堂來不及等待泉的回答就掛上了電話。二階堂一改平時的開朗，說話的語氣很嚴肅，泉也忍不住挺直了身體。他知道二階堂對母親更重要。

泉跟著等在校門口的職員走在已經關了燈的學校內。也許是因為颱風即將登陸，學校內完全不見老師和學生的身影。他脫了鞋子，走在擦得很乾淨的亞麻地板走廊上，發現溼襪子在地板上留下了腳印。

來到三樓，打開最後那間教室的拉門。昏暗的教室內，坐在角落的小學生用小椅子上，被二階堂和三名員警包圍。她縮著身體，左腳穿著黑色包鞋，右腳穿著淡綠色拖鞋。兩腳穿著不同的鞋子，看向宛如一片汪洋的操場。

「媽！」

泉衝進教室，立刻大聲叫道。他差一點責備母親，但看到摟著母親肩膀的二階堂眼眶溼潤，立刻把話吞了下去。

「……我很擔心。」

聲音有點沙啞。不知道是因為找到母親的喜悅，還是對簡直變成另一個人的母親感到害怕。母親可能在雨中走了很久，薄質料的洋裝已經變了色，頭髮上仍然滴著水，披著二階堂原本穿的雨衣，臉色蒼白地看了過來。

「泉……你在哪裡？我找了你很久。」

「媽……」

「泉，對不起，都怪媽媽沒有盡責。」

「……沒這回事。」

「但是太好了……終於找到你了……我擔心死了。」

百合子露出鬆了一口氣的表情笑了起來，淚水立刻從她的眼角流了下來，臉上的表情和在遊樂園張開雙手時一模一樣。

「百合子阿姨，真是太好了。」

二階堂看著他們母子重逢，搖著百合子的肩膀說。二階堂的嘴唇凍得發白，但露出鬆了一口氣的笑容。

「對……託各位的福，謝謝。」百合子對著二階堂和員警深深鞠躬，「我兒子走失了，因為天色已經暗了，而且又在下雨。泉沒有帶傘出門，所以我很擔心他在哪裡淋得全身溼透著了涼，太擔心了。」

「百合子阿姨，現在沒事了！泉先生就在這裡！」

安靜的教室內響起二階堂一貫的開朗聲音。百合子點了兩次頭，用手背擦著眼角殘留的淚水，注視著泉。

母親手上緊緊握著兩把傘。

「泉高高舉起手，連指尖都伸得筆直，老師當然想要叫他。他朗讀得很好，在教學參觀的時候大聲朗讀《跑吧，美樂斯》。站在我旁邊的同學媽媽說，泉朗讀得真好。我向她點頭，內心既高興又驕傲，更加感動不已。泉什麼時候變得這麼會朗讀了？我整天忙著工作，沒時間教他怎麼朗讀，怎麼寫字。」

教學參觀的日子，泉一次又一次轉頭看向後方。媽媽站在教室後方讓他高興不已。他在放學後獨自一次又一次練習朗讀，只為了讓特地請假來學校的媽媽感到高興。他朗讀完坐下後，立刻轉頭看向後方。在教室內響起的掌聲中，母親眼眶溼潤，輕輕向他揮手。眼前的百合子和當年一樣注視著泉。

8

按下白色開關，立刻聽到了沉悶的馬達聲。過了一會兒，水就嘩嘩地從模擬竹子的塑膠筒內流了出來。

「喔，來了來了。」

香織好像在觀察實驗般，目光追隨著水流。水沿著綠色滑道流了下來。

「欸，太郎，還沒好嗎？」

飯廳內，坐在香織身旁的真希叫著在廚房內和鍋子奮戰的太郎。「對不起，馬上就好！」雖然聽到了太郎的回答，但他的臉被熱氣遮住，所以看不清楚。

「對不起，他動作很慢，你們一定餓了吧？」

真希摸著隆起的肚子，看著泉說。她的肚子好像和香織差不多大，記得她們的預產期只相差兩個星期。兩個即將臨盆的孕婦坐在一起，看起來就像是童話故事中的雙胞胎。泉還來不及開口，香織就回答說：

「完全沒問題，我才不好意思，突然說要吃素麵。」

「妳第一次嗎？」

「對，我之前就想有機會試試。」

啪扣！廚房傳來鐵板彈起的聲音。「好燙、好燙！」太郎同時叫了起來。太郎正在熱氣後方，把鍋子裡的熱水倒進水槽。

「太郎，我來幫你。」

泉急忙走進廚房扶著鍋子，然後俐落地用流水沖洗倒在篋子裡的素麵。

「泉哥，真是有模有樣啊。」

太郎對泉俐落的動作感到佩服。

「因為以前就是由我負責素麵。」

泉拿起篋子，瀝乾了已經沖涼的素麵中的水。

香織和真希是同期進公司的同事。香織擔任新人歌手的宣傳四處奔波時，在國外長大的真希因為英語流利，負責西洋音樂，規劃大型搖滾音樂節之類的活動。

真希就像其他在國外長大的人一樣，說話直截了當，在公司內和其他人格格不入，香織原本也覺得「老實說，我也覺得她不好相處」，但進入古典音樂部門之後，因為有多次一起去國外出差的機會，喝了幾次酒之後，漸漸意氣相投。她們兩個人都喜歡喝精釀啤酒和紅酒。

「哇，看起來超好吃。」

香織看到篋子內發亮的素麵，拍著手說。

「趕快來吃。」坐在她旁邊的真希把沾醬倒進碗裡說，「你們也趕快流麵啊。」

「嗯？這個要怎麼弄？」

泉困惑地問，坐在旁邊的太郎用筷子夾了一大坨麵，放在滑水道上方。素麵立刻鬆開，沿著像滑水道般彎曲的滑道滑了下來。

「來了來了！」

真希把筷子插進滑道下端撈了起來，把筷子撈到的麵沾了醬汁吸進嘴裡。「泉哥、香織，你們也快啊。」她咬著麵說道。

泉用筷子夾起了籃子內煮好的麵放在滑道上游，讓麵流了下去。

「香織，快接！」

「喔喔喔！」

香織也學真希剛才那樣把筷子伸了進去，但細細的麵從筷子縫隙中鑽了過去，落在水盆內。「沒想到這麼難！」她瞪大眼睛笑了起來。

「不能用夾的，是撈起來的感覺。」

真希在她耳邊提出建議，「好！」香織伸出筷子做準備，由下而上地撈起了泉再度放流的素麵，筷子順利夾到了白色麵條。

「成功了！」

香織搖晃著麵發出歡呼。「快吃，快吃！」香織在真希的催促下吃了起來。

「好吃嗎？」

真希笑著問。

「感覺比平時更好吃！」

香織露出了天真的笑容。

真希在去年底告訴香織，她要結婚了。她說在被獵人頭公司獵去外商唱片公司後，遇到了在動畫公司當宣傳的老公，然後又補充說，他們是先有後婚。她說這件事時若無其事的語氣，簡直就像在說定食附了甜點一樣。泉覺得很像是她的風格。

她的老公太郎是所謂的動畫宅男，總是穿著牛仔襯衫和舊牛仔褲，背著運動品牌的背包，和喜歡穿可以充分襯托出身材曲線、原色系衣服的真希站在一起時，完全不像是夫妻，但不可思議的是，他們很合得來。真希笑著說「和他在一起時很安心」時，一臉幸福的樣子。

「妳胖了幾公斤？」

真希把切成細絲的蘘荷放進沾醬時問，太郎在一旁忙著把素麵放流。

「九公斤，有點危險了，醫生叫我不能再胖了。」香織在說話的同時吃著素麵，然後苦笑著說：「真的沒辦法停下來。」

「我每天早上都在住家旁邊的河邊散步，生孩子的時候沒體力不行。」

「慘了……我幾乎沒時間運動，工作也很忙。」

「香織，妳真的超厲害，我每天絕對準時下班，而且也經常請特休。」

真希說，她進入安定期之後，就把所有的工作都交接給後輩。她的理由是，希望可以充分享受孕婦生活。她向來是那種喜歡體驗新事物的人，無論去餐廳吃飯或是去旅行，幾乎不會去同樣的地方。

「香織，妳買嬰兒車了嗎？」

「不，還沒有，有什麼推薦的嗎？」

「聽說還是日本的嬰兒車比較好，外國的嬰兒車有時候太大，會擠不進驗票閘門。」

「原來是這樣，看來還是要先研究一番。」

「嬰兒搖椅呢？」

「真的好用嗎？」

「非買不可，聽說有些小孩一放上嬰兒搖椅，就馬上不哭了。另外，買那種欄杆可以放下來的嬰兒床絕對輕鬆多了。」

「聽說嬰兒比想像中重。」

「我們打算採用吉娜式育兒，所以想把孩子輕輕抱到嬰兒床上。」

吉娜？那是什麼？香織的筷子停了下來。籃子裡的素麵已經吃光了，太郎走去廚房繼續煮麵，泉無所事事地用筷子撈起在桶子裡洄游的素麵。那是英國超級保母吉娜的育兒方式。

「泉，聽起來好像很不錯。」

「對，我們也可以試試。」

沒錯，我們要當「普通的父母」。落落大方、抬頭挺胸，但此刻夫妻之間的對話有一種像在表演般格格不入的感覺。

得知預產期很近之後，兩對夫妻經常一起吃飯。每次見面，真希就會分享分娩和育兒方面的知識，泉和香織每次都深刻體會到自己準備不夠充分，但平時忙於工作和照顧母親，根本無暇深入瞭解，只有知識不斷累積。

「香織工作的時候超可怕。」

真希可能在意默默在一旁聽他們說話的泉，故意笑著壓低聲音說。

「會可怕嗎？沒這回事吧，泉，你說呢？」

「嗯……以前一起工作時，我倒是沒有這種感覺。」

泉含糊地回答，看向香織身後的窗戶。從下城區超高大廈公寓的高樓層看出去，可以看到盛夏陽光照射下，宛如蒸騰的熱氣般搖晃的都心高樓群。「說起來很不可思議，」香織在來真希家的路上說，「孕婦之間好像有聊不完的話題。」

「她是完美主義者，所以也會這樣要求下屬，結果每個人看起來都很累。」

「的確有人說她是無法放心把工作交給別人的類型。」

「這一點我承認，」香織笑著，拿起了表面積了水珠的杯子，一口氣喝完了杯子裡的麥茶，「也許因為這個原因，我到現在還是放不下工作。」

「香織，妳真的太厲害了，我可能無法再像以前那樣工作……」

啪扣！水槽再度傳來鐵板彈起的聲音，淹沒了真希的聲音。水槽前冒著熱氣，素麵顯然已經煮好了。泉正準備站起來，聽到熱氣中傳來太郎小聲的說話聲。

「啊，沒關係，這次我應該可以自己搞定。」

「真希，妳應該不至於吧？」

「我也不知道，我只是英語很好，工作能力並不強，上司應該也很清楚這一點，所以我才會轉職，也覺得生孩子是重新思考工作的機會，我已經沒有自信對工作能夠有以前那種熱情了。」

真希緩緩環視房間。白色客廳的角落堆著尿布、溼紙巾和嬰兒玩具的箱子。

「香織，我覺得妳在照顧小孩時，可能也會發揮像工作上的執著。」

真希似乎調整了心情，笑著說道。泉也表示贊同，試圖改變氣氛。

「她可能真的沒辦法偷懶。」

「泉，你搞不好也很執著。」

香織扮鬼臉瞪著泉說，太郎用籃子裝了新煮好的素麵走了過來。仔細一看，發現白色麵條中混了幾根粉紅色和淡綠色的麵。

小時候，每到夏天就經常吃素麵。泉負責煮麵，母親炸地瓜天婦羅。在餐桌旁坐下時，他都專門找有顏色的麵來吃。母親總是吃剩下的白麵條。

「以前那種有顏色的麵比較有意思。」

泉目不轉睛地看著麵，坐在旁邊的太郎對他說。被太郎猜中正在想的事，他一時說不出話。

「但不知不覺中，漸漸覺得白色的麵條比較好。」

「……你還記得從什麼時候開始變成這樣嗎？」

「完全不記得。」

太郎笑著打開了畫了鰹魚圖案的醬汁瓶子，在碗裡加了醬汁。是兒子嗎？是女兒！已經取好名字了嗎？還沒有。有請人算過姓名筆畫了嗎？果然會在意這種問題嗎？我上次和太郎一起去參加育兒教室。是喔，情況怎麼樣？很難為情，覺得很尷尬。妳有聽古典音樂進行胎教嗎？雖然我有聽莫札特，但也不知道到底有沒有效。

泉怔怔地看著香織和真希興奮聊天，內心一直掛念著母親的事。「那天」之後，母親似乎決定要平淡過日子。百合子必是決定把兒子視為人生的中心，但如今罹患了失智症，泉覺得再次遭到了母親的拒絕。

香織和真希，以及坐在旁邊的太郎吃著素麵，沒有人再把素麵放進流水麵機，而是直接從籃子裡夾起來吃。餐桌上只有流水麵機的馬達聲作響，水盆裡的粉紅色麵條繼續游泳。

車站前的花店有一片鮮豔的黃色。

「已經是向日葵的季節了。」

香織拿起三朵向日葵。

「我家向來都只插一朵。」

泉把另外兩朵放回了花桶。

百合子向來喜歡只插一朵花。看花就可以知道季節，真是太棒了。每次和泉一起買花時，百合子總是這麼說。去參加朋友的婚禮帶花回家時，也會從中抽出一朵，插在花瓶內。

泉拿著向日葵走在坡道上。走在身旁的香織肚子已經很大，不停地用手帕擦拭著額頭冒出的汗珠。泉提議從車站搭計程車，但香織說，醫生要求她多走路，所以決定走路回家。

在小學教室找到百合子的那天，她從深夜就開始發高燒，隔天仍然高燒不退，而且咳嗽嚴重，最後用救護車送去了醫院。醫生診斷是肺炎，病情一度嚴重惡化，陷入了昏迷。泉決定提前請暑假，一直守在醫院照顧。百合子住院一個星期後終於康復，醫生同意她出院。「一定是因為有你陪在旁邊，所以你媽媽才這麼努力。」出院時，負責照顧百合子的護理師拍著泉的肩膀這麼說。

徵求醫生的意見之後，百合子和以前一樣，在日間照護中心和照服員的協助下，仍然住在自己家中。在百合子出現遊走行為後，香織一直都很擔心，但泉並沒有告訴她詳細的病情。因為香織即將分娩，他不希望造成她的精神壓力，但香織得知百合子出院之後，說想去探視，於是就決定三個人一起為百合子慶祝出院。

「我回來了……」

泉一打開門，百合子從裡面走了出來。一個星期沒有見面，百合子的氣色比之前好多了，雙眼注視著自己。泉暗自鬆了一口氣。

「歡迎，謝謝你們這麼遠來看我，趕快進來。」她看到香織，立刻招了招手，「喔，妳的肚子大很多。」

「身體變得很重，很容易累。」

香織走進客廳，雙手抱著隆起的腹部。

「是啊，我在懷泉的時候也胖了很多，那時候也很累，整天都喝可樂，被醫生罵了一頓。」

「我是愛吃巧克力。」

「啊喲，美久，妳也這樣嗎？」

「好不容易不再猛吃巧克力了，又整天吃炸雞。」

「沒關係，想吃什麼就吃。」百合子搖著手笑了起來，「來，美久，妳來坐沙發。」

「媽！」

「泉，怎麼了？」

「她不是美久……是香織。」

「啊喲，我說錯了嗎？」

「嗯……」

「媽媽，我們買了蛋糕，要不要吃？」

香織舉起紙袋，改變了話題。

「好啊，來吃蛋糕。那我來泡紅茶，還是要喝咖啡？但家裡只有即溶咖啡……啊喲，花都枯了，該去買花了。」

百合子拿起圍裙穿在身上。

「媽，沒關係，我們剛才在車站買了。」

泉指著放在餐桌上的花。

「啊喲，謝謝，好漂亮的向日葵。二階堂太太很容易感冒。」

「感冒？」

「啊啊……對不起，醫生叫我要多運動，但我很快就累了！！」

哈哈哈哈哈。百合子用手放在嘴上大笑起來，她笑得身體亂顫。哈哈哈哈哈。

「媽，妳不要這樣，不要鬧了。」

泉雖然跟著母親露出了笑容，但冷汗直流。身旁的香織也笑了，但雙手用力按著肚子。

「我……變得這麼這麼奇怪了嗎？」

百合子突然露出嚴肅的表情打開了碗櫃，拿起放在深處的碗，但可能無法順利拿出來，只聽到碗盤碰撞的聲音。

「沒……這回事。」

泉看了於心不忍，從一旁伸出手，準備幫忙拿碗，母親突然尖叫起來。

「別把我當傻瓜！」

百合子隨便抓了飯碗和碟子抱在手上，在房間內打轉。幾個碟子從手上滑了下來，發出沉悶的聲音滾落在地上。

「我不想去。」

「媽……妳不要緊張。」

「因為我以前丟下你，所以你也要把我丟掉嗎？」

香織看到百合子失控的樣子說不出話，抓著泉的手臂。

「對不起……泉，我會好好做，不會再去任何地方。我會洗衣服，也會打掃，也會做菜。」百合子雙手抱著碗盤走進廚房，「你喜歡的蕪菁味噌湯……我剛才煮了一大鍋。」

味噌湯？泉忍不住偏著頭納悶。母親獨自在家時，都會把瓦斯關起來，她怎麼做味噌湯？他跟著母親走進廚房，掀起了瓦斯爐上鍋子的鍋蓋。

分售公寓、資源回收、特賣198圓、更換新機台、徵計時工。各式各樣的文字片段映入眼簾。剪碎的廣告宣傳單丟在透明的水中。泉覺得呼吸困難，慌忙蓋上了鍋蓋。泉和坐在客廳沙發上的香織四目相對，她似乎已經知道鍋子裡的是什麼。

「味噌湯要趁熱喝……」

母親悄然無聲地走到他身旁打開冷凍庫，從裡面拿出已經結了霜的筷子。她走到瓦斯爐前，打開鍋蓋，目不轉睛地注視著「味噌湯」。

「泉……對不起，把你一個人丟在家裡……你是不是很孤單？」

「媽……別提這件事了。」

「我以後每天都會在家裡，一直和你在一起。求求你……請你原諒媽媽。」

百合子拿起湯勺，攪動著鍋子。滲透的廣告單在水中溶化，像魚游泳一樣在鍋子裡打轉。

泉聞到了味噌湯的味道。

照理說根本不可能有味道，但他聞到了味噌湯的味道，胃在翻騰。他突然想嘔吐，雙手捂著嘴。「泉，你沒事吧？」身後傳來香織的聲音，眼前的母親正默默攪動著鍋子，和「那時候」一樣。媽，住手。他無法克制反胃，捂著嘴，衝進廁所嘔吐起來。一直累積在肚子裡的某些東西滿溢，從嘴裡吐了出來，流入潔白的馬桶。

9

泉頂著陣陣蟬聲，快步走進自動門。雖然從地鐵車站出來才走了五分鐘，襯衫黏在被汗水溼透的後背上。一踏進門，經過虛擬人聲均等化處理的歌聲，和龐克樂團彈奏的吉他聲混合在一起傳入耳中。眼前有三台大螢幕，持續播放這家唱片公司目前力推的藝人ＭＶ。

他和像雙胞胎一樣坐在螢幕旁接待櫃檯的接待小姐對上了眼，兩人都同時露出了笑容，向他微微欠身。泉已經習慣了自家公司的接待小姐低頭看著電腦螢幕，連招呼也不打的態度，有點不知所措，忍不住移開了視線。同樣是唱片公司，接待小姐的態度有這麼大的落差，他不由得擔心自家公司的形象。

這次推出了一個跨公司歌手合作的企劃，今天來對方的公司談合作細節。雖然已經到了約定的時間，但永井仍然沒有出現。對方公司的窗口也因為會議耽擱了時間，所以他跟著接待小姐來到二樓的咖啡區。

寬敞的窗戶外是一片濃密的樹林，那片樹林中應該擠了無數隻蟬。「請點喜歡的飲料。」店員遞過來的飲料單最上方是熱帶水果汁的照片。這似乎是每月推出的「推薦飲料」。到底誰會喝這麼花稍的飲料？他看著照片，有點想要試試，但聽到店員問「請問要喝什麼？」時一陣心慌，還是點了普通的飲料。

他用吸管吸著冰咖啡，塑膠杯中的深棕色一下子只剩下一半，他深深嘆了一口氣。終於不再流汗了。傍晚的咖啡區有許多脖子上掛著員工證，正在打筆電的員工，和正在談生意的客人。泉不經意地看向門口，看到永井正東張西望地在找自己。泉舉起了手，永井單手豎在臉前道歉說：「對不起，我遲到了。」

「澀谷的大螢幕在播放，果然很引人注目。」

泉呼嚕呼嚕地喝完了剩下的冰咖啡。

「什麼？」

店員把馬克杯輕輕放在坐下的永井面前，裝得很滿的咖啡好像隨時會溢出來。

「我是說『音樂樂團』的ＭＶ。」

「花了那麼多錢，當然會因為惹人討厭而引人注意。」

「這句話不該由你來說吧。」

泉苦笑著打著永井的帽子，帽簷垂了下來，遮住了他的眼睛。「對不起。」永井帶著笑意的嘴角動了動。

泉在拍攝「音樂樂團」ＭＶ的兩天前，發現製作費增加到將近原本的一倍。他之前就有不祥的預感，所以向永井確認了好幾次進度。「目前正在和製作公司協調」、「導演說願意控制在預算內」。雖然永井每次都這麼回答，但泉接到製作公司的電話哭訴，根本不可能控制在預算內。

因為從來不曾這麼大幅超過預算，大澤部長大發雷霆，命令泉立刻停止拍攝MV，他大喊著「誰來負責！」仍然是一副事不關己的態度。那時候剛好是母親開始出現遊走行為的時候，泉很想馬上喊停，自己也樂得輕鬆，但最後還是決定執行永井的企劃。因為永井提出的分鏡劇本具有近年來不曾見過的震撼力。泉進這家公司之後學到一件事，那就是「夠怪才能創造暢銷」。

他以減少製作費為條件說服了大澤，和製作公司協調，降低了成本。雖然泉因為管理不當，和永井一起寫了悔過書，但被稱為鬼才的導演在音樂錄音帶中充分發揮了本領，將MV拍成讓「音樂樂團」的世界觀得到昇華的夢幻大作。永井的企劃中也包括了「音樂樂團」在澀谷的行人專用時相大十字路口演奏，當他們的樂器演奏出旋律時，暴風雨、雷鳴、海浪接連襲向澀谷。新穎奇特的影像在網路上爆紅，在MV推出一個星期後，就有超過一百萬次瀏覽，「音樂樂團」迅速打響了名號。

「目前在YouTube上有多少？」

「今天早上看到已經超過三百萬了。」

「太驚人了。」

「但田名部很生氣，今天早上還咄咄逼人地問大澤部長，只要結果理想就沒事了嗎？傷腦筋欸。」

永井揚起嘴角，從連帽衫的口袋裡拿出手機，注視著發出白光螢幕的他，看起來完全沒有傷腦筋的樣子。

「大澤部長說什麼？」

「他說，只要有成果就好啊。」

「真像是部長會說的話。」

「對啊，但這句話更激怒了田名部，然後他們又在辦公室大吵，還是一如往常的打情罵俏，感情還真是好。」

雖然永井說話狂妄，但泉並不討厭他的用字遣詞，常常覺得他說出了自己無法說出口的話。

「他們還沒有分手。」

「如果他們分手也很麻煩，所以就希望他們繼續恩愛下去囉。」

「也對，但下一次的ＭＶ有什麼打算？還要找那個導演嗎？」

「不，我不再找鬼才合作了。累死我了……我力不從心。不過泉哥，你看起來好像很累。」

有一半是因為你的關係。泉原本想這麼損他一下，但還來不及說出口，永井就露出嚴肅的表情探頭看著泉的臉。他帽簷下的那對內雙的眼睛看了過來。

「……你媽還好嗎？」

泉向同事說明了百合子的病情，因為有可能要連續請幾天假，或是提早下班。百合子因為肺炎住院時，他也據實以告請了休假。田名部向泉表達了同情，但永井一臉好像完全沒有興趣的表情，什麼也沒說，形成了明顯的對比。只不過永井的態度反而讓泉覺得心情比較輕鬆。

「永井，你為什麼突然問這件事？」

有人關心母親的狀況，當然不應該這麼回答。但看到永井突然露出嚴肅的表情問這件事，他無法像平時一樣回答。

「其實……我奶奶之前也失智，真的很辛苦。我小時候她很疼我，但我開始工作之後，漸漸和她疏遠了。當我有時間去看她時，她的情況已經很嚴重了。」

「阿茲海默症嗎？」

「是額顳葉失智症。她遲遲無法接受照服員，暴飲暴食、亂罵人的情況很嚴重，還經常有遊走行為。你太太也在上班，所以有點擔心你有沒有問題。」

蟬聲再度傳入耳中，泉環視周圍，發現原本坐滿咖啡區的人不知道什麼時候都走光了。

「以前有一段時間，我媽離開了家。」

去百合子家的那天晚上，泉在床上告訴了香織這件事。

「在我讀中學的時候，差不多有一年的時間。」

他對應該已經睡著的香織坦承了這件事。從遮光窗簾的縫隙中照進來的路燈燈光，在臥室的天花板拉出一條白線。

「……我就在猜想，可能是這麼一回事。」身旁傳來香織的聲音，「因為你和你媽是有點奇怪的母子。」

「會奇怪嗎？」

「嗯，相當奇怪，有點搞不太懂你們的關係到底是親近還是疏離。」

「是喔，到底是哪一種呢？」

他對香織已經猜到這件事既驚訝，又鬆了一口氣。自己每次都後知後覺，果然很遲鈍吧。

「我也不是不能夠體會你媽的心情，因為你們母子一直相依為命，有時候應該會想要逃離。我有時候也會感到不安，不知道接下來會怎麼樣。」

她好像對著天花板的那條白線在說話。窗外突然響起機車的聲音，乳白色的光在白線上移動。

「你打算怎麼處理你媽的事？」

永井略微提高音量的聲音把他拉回現實。

「嗯，」他嘆著氣回答，「我不可能一直請假，而且我太太也快生了。」

泉用吸管吸著塑膠杯中溶化的冰水。混合了咖啡，變成淡褐色的液體有消毒水的味道。

「現在要找一家理想的安養院也很不容易，我奶奶那時候排了很久，好不容易住進去了，沒多久就得肺炎死了。泉哥，你有什麼打算？」

「我跟你說，昨天剛好解決了。」

「真的假的？」永井驚訝地問，輕輕喝了一口快溢出來的咖啡，「怎麼解決的？」

「嗯，算是運氣很好吧。」

昨天白天，接到了正在排隊等待入住的那家安養院院長的電話。「葛西先生，有房間了。」泉驚訝得說不出話，還來不及開口，她就接著問：「請問你母親什麼時候可以入住？」

和香織一起去母親家之後，就決定要讓她住去安養院。雖然香織直到最後，都在考慮同住的可能性，但最後親眼目睹了百合子的狀況，同意了泉的意見。香織請教了有長照經驗的朋友，領悟到很難同時照顧好即將出生的孩子和婆婆。

週末時，泉去看了百合子住家附近的安養院，他完全不想讓母親入住其中任何一家。看到那些高齡失智者一整天都坐在輪椅上看電視，他無法忍受百合子也變成這樣。

他和二階堂聊了自己的煩惱，二階堂說有一個很不錯的地方，然後介紹了一家位在海邊的小型安養院。那是一位很有趣的女院長和她女兒共同經營的小型安養院，但以獨特的方針經營而受到好評。離海邊很近，風景也很優美，所以大力推薦。

搭了二十分鐘的電車來到離安養院最近的車站，然後又搭了十分鐘的計程車，看到了一棟很大的老舊民宅改造而成的團體家屋。有著娃娃臉的嬌小中年女人，和雖然長得一模一樣，但比她高了一個頭的女兒迎接了泉。「我是海濱之家的院長觀月，我們正在恭候你。」娃娃臉的院長笑著請泉入內參觀。

母親罹患了失智症，開始出現遊走行為。自己住在東京，平時工作很忙，太太即將生孩子。雖然去看了幾家安養院，但無意把母親送去那種地方。泉快速說明了目前的情況，坐在對面沙發上的觀月和女兒豎耳傾聽，不時緩緩點頭。也許她們經常遇到類似的情況，所以似乎在用眼神說「沒問題」。不時有拄著拐杖的男人走過泉的面前，也有駝背的女人坐在觀月和她女兒中間，觀月完全不在意這種事，對泉說：

「葛西先生，你會去星巴克或是羅多倫咖啡嗎？」

「會……我會去。」泉不知道她這個問題的用意，小聲回答。

「那你有辦法在那裡坐七、八個小時嗎？」

「沒辦法坐那麼久。」

「對啊，即使是健康的人，長時間在同一個地方也會很痛苦。」

躺在窗外院子內的吉娃娃在太陽下打著呵欠。聽說是去年入住的高齡者帶來的狗，然後就留在這裡飼養，住在這裡的爺爺、奶奶都會幫忙照顧，但因為餵了太多飼料，所以越來越胖了。觀月皺著眉頭笑著說。

「在亞麻地板和白色水泥牆的環境，大家一起看電視，然後用塑膠碗盤吃飯。」

「是啊。」

「如果要你住在那種環境，你認為自己可以撐幾天？」

「這……我也不知道。」

「我相信各家安養院都有各自的考量，也必須考慮到成本和效率的問題，我無意否定那種方式，只是覺得換成是我，在那種環境下連半天都無法忍受，一定會想要逃走。失智病人當然不可能想住那種讓探視的家屬想要趕快離開的地方，所以他們也會想要離開。為了避免這種情況發生，就只好設置一道又一道門，結果讓他們更想逃。於是工作人員說話變得很粗暴，甚至會動粗。我認為這是理所當然的結果。」

「住在這裡的人都是失智症病患嗎？」

泉覺得那些圍坐在餐桌旁，在剝四季豆時討論晚餐要煮什麼的人看起來不像是腦部有疾病。有一位坐在窗邊舊搖椅上的女人正靈活地用鉤針在編織蕾絲。

「全都是，即使不再記得一件事的意義和曾經發生的事，但步驟的記憶仍然留了下來，所以可能會忘了名字，但仍然可以下廚、做手工藝。在這裡，手和腳能夠碰到的東西，以及眼睛可以看到的東西，幾乎都是使用木材、布料這些天然的材質，避免身體接觸到冰冷的資訊。這裡的門窗都沒有上鎖，但幾乎沒有人逃走。遊走行為和動粗只是失智症的症狀，雖然無法治好失智症，但我們認為只要減少會造成壓力的要因，就可以抑制症狀。」

泉看到了客廳角落的黑色直立鋼琴。雖然是一架老舊的鋼琴，但發現保養得很好。觀月的女兒剛才坐在母親身旁一直沒有說話，發現泉盯著那架鋼琴，就告訴他說：

「這是入住者帶來的。雖然已經過世了，但我們留在這裡繼續使用。」

泉看著在白色陽光下發光的鋼琴，第一次覺得終於找到了母親生活的地方。母親人生最後的住處必須有音樂，但同時也覺得應該有很多人都想住在這種環境，於是性急地問，不知道要等多久才能入住。

「目前入住的人都已經住了很久，有人甚至住了超過十年，也有很多人在排隊等空房，有人已經等了五年。」

泉聽了觀月的話感到很失望，但也覺得這是理所當然的事。只不過他無法等五年，只能另找其他地方。泉帶著買樂透的心情，告訴觀月自己願意排在一長串名單的最後等待。

「令人難過的是，有三位入住者都在近期去世了。」

泉問打電話來的觀月，到底發生了怎樣的奇蹟，她這麼回答。在「海濱之家」住了多年的入住者也會突然離開人世，在一個月期間，接連空出了好幾個房間。於是她打電話給其他排隊等候的人，發現那些人不是已經去世，就已經住進了其他安養院。

泉告訴觀月，將會安排百合子在下個月初入住，立刻打電話給二階堂。泉完全沒想到這麼快就排到了。

「泉哥，真是太好了。」

永井滑著手機說道。他的大拇指動個不停，不知道是不是在回電子郵件。

「你根本口是心非吧。」

「我是真的這麼想。」永井在回答時，兩眼仍然看著手機。泉大約半年前發現，永井在說真心話時，都會看著手機或是電腦螢幕。他並不是傲慢，只是在掩飾害羞。

「我是說真的，泉哥，我會連同你的份好好加油。」

「那就拜託囉。」泉笑著回答的同時，接待小姐來叫他們。離約定的時間已經過了二十分鐘。「終於等到了。」泉嘆著氣站了起來。

「泉哥，」

泉聽到叫聲，回頭一看，永井拿下了帽子看著他。

「……我一直想要說。」

「怎麼了？」

「『音樂樂團』ＭＶ的事給你添麻煩了，真的很對不起……我一開始就知道製作費會超出預算，我已經做好了被開除的準備。」

永井深深地鞠躬。他面前的咖啡幾乎都沒喝。

「但我覺得像我這種人，只是做上司指示的事，做出四平八穩的作品也無法得到肯定。我表達能力差，社交能力和安排能力也都不行，所以只能靠作品爭取認同……我真的太離譜了。」

泉無言以對，默然不語，幾個由紅到橘，呈現漂亮漸層顏色的杯子從他的面前經過。四名女職員手上都拿了一杯熱帶水果汁。切成大塊的鳳梨和鮮紅色的櫻桃出現在好像向晚天空般的顏色上。

「泉哥，真的很感謝你讓我拍了ＭＶ，我以後會努力不給你添麻煩，也會努力減輕你的負擔。我在奶奶的事上很後悔，沒想到她在不知不覺中失智，然後忘了我，我還沒來得及認真瞭解奶奶到底是怎樣一個人，她就死了，所以請你多花一點時間陪你媽。」

10

夏日熾烈的陽光照在水面上，形成一條光帶。

「妳看，大海。」泉對百合子說，然後打開了計程車的車窗，海水的味道撲鼻而來。百合子緩緩看向窗外，瞇起眼睛說：「好漂亮。」

「每次看到大海，我就會想起那條大魚。」

泉感受著吹在臉上的海風說。

「大魚？」

看著大海的百合子將視線移向泉。

「我以前讀小學的時候，不是第一次去釣魚嗎？」

「喔，你當時釣到了大魚。」

「對啊，當時真是嚇到了，才把魚餌放在鉤子上丟進海裡，就有魚上鉤了，只好拚了老命捲線。」

泉右手做出捲線的動作。

「我記得是三十公分的大魚。」

百合子張開兩隻手比著大小。

「之後又去了好幾次，但那次是最高紀錄。」

「你向來很有新手的好運氣，第一次抽獎抽到了腳踏車，第一次參加運動會賽跑時跑了第一名。啊，你記錯了。」

「什麼記錯了？」

「你不是在海裡，而是在湖裡釣到了魚。」

百合子注視著泉的眼睛說道。她今天的狀況特別好，說話有條有理，母子之間的對話也很正常。如果計程車司機不知道他們的目的地，一定不會想到百合子有失智症。

「媽，是大海啦，我記得很清楚。」

「我甚至記得那個湖的名字，還有當時那家民宿的名字。你釣到的是虹鱒，然後請民宿的人幫我們做成鹽烤魚，你吃的時候還不停地說『好吃、好吃』，你想不起來了嗎？」

聽百合子這麼一說，也漸漸覺得的確是湖。那一天是在手划船上釣到了大魚，他清楚回想起船用力搖晃的感覺和烤魚上的鹽很鹹這兩件事。這就意味著母親的記憶正確。

在百合子被診斷為阿茲海默症之後，泉經常和她聊以前的事。他努力回想他懂事之後，和百合子之間的回憶，然後和她分享。在百合子的症狀越來越惡化的情況下，他認為這是可以留住母親記憶的方法。

每天晚上央求母親在睡前閱讀角落都已經磨損的怪獸和少年的繪本；用奶油和砂糖煮的甘煮胡蘿蔔；單側的鏡子已經掉落的藍色玩具車；種在院子裡，後來長了蚜蟲枯掉的小番茄；很會畫畫，經常畫漫畫的同學；在小學畢業之前都一直捨不得丟的貓熊絨毛娃娃。就像在記憶中把湖記成大海一樣，十之八九都是母親的記憶正確，一次又一次修正了泉的記憶。甘煮的不是胡蘿蔔，而是南瓜；玩具車不是藍色，而是紅色。

漸漸失去記憶的母親記得的事。泉每次都驚訝地發現百合子的記憶如此清晰。每次被母親更正，就會發現自己的記憶多麼模糊不清，常常被自己改寫。

他不經意地低下頭，看到母親手上握著一個花卉圖案的化妝包。

泉記得那是中學一年級的時候，那是他在那年元旦送給百合子的生日禮物。百合子很高興，每天都放在皮包裡隨身攜帶。至今已經超過二十年，顏色都已經變淡了，但仍然很乾淨，完全沒有任何汙漬或是髒汙。

「媽，妳還在用這個化妝包。」

泉指著化妝包說。

「這是我的寶貝。」

百合子用白皙的手摸著化妝包說。

泉上高中時，百合子曾經遺失了化妝包。到底放在哪裡？母親臉色蒼白地找遍了家裡。接下來的五天期間，百合子每天都去派出所，從車站到家裡的路段來來回回找了好幾次，始終沒有找到。「泉，對不起，媽媽知道那是你認真為我挑選的禮物。」「媽，沒關係，反正是便宜貨，我下次再買給妳。」

泉完全不在意，但百合子很沮喪，結果就病倒了。泉手足無措，不知道該怎麼辦，後來接到警察的電話，說在公車站旁找到了百合子遺失的化妝包，保管在派出所。

母親立刻去了派出所，從員警手上接過化妝包後，白皙纖細的手指緊緊握在手上。「媽媽不會再遺失了。」不知道那個花卉圖案的化妝包裡裝了什麼？回想起來，泉從來沒有看過裡面是什麼東西，現在突然有想要一窺究竟的衝動。

計程車沿著海邊的道路駛入了小路，一棟瓦屋頂的老舊民宅出現在擋風玻璃前方。從今以後，那裡就是母親的家。坐在旁邊的百合子一動也不動地看著前方。她在緊張嗎？看到她握著化妝包的手微微顫抖，突然覺得好像是自己捨棄了母親。「我週末會來看妳。」百合子根本沒有問，他主動說了這種聽起來像在辯解的話。「沒關係，你工作很忙，孩子也快出生了，要多陪陪香織。」百合子露出溫柔的微笑，好像看透了泉的心思。

觀月和女兒一起站在「海濱之家」門口等待，從計程車的行李箱中拿出行李，打開拉門搬了進去。這裡是廁所，這裡是浴室。那裡是工作人員的辦公室。大家都一起在後面那張餐桌旁吃飯。觀月的女兒緩緩走在木質地板上介紹著。這裡是廁所，這裡是浴室……百合子伸手確認，跟在她的身後，矮小的背影時而向左，時而又向右。

沿著會發出擠壓聲的木樓梯上了樓，拜訪了其他入住者的房間。「初次見面，我叫葛西百合子，以後請多指教。」其中也有失智狀況比較嚴重，無法回答的人，但百合子客氣地向每個人打招呼，把帶來的餅乾送給他們。

「葛西阿姨，這裡就是妳的房間。」

觀月的女兒帶他們來到二樓邊間的房間。打開窗簾，可以看到蘿蔔田後方一片湛藍的大海。

「葛西阿姨，妳運氣真好。只有這個房間可以看到大海。」

跟著走進來的觀月笑著說。

「只有這個房間……」百合子反覆回味著這句話，最後終於鬆了一口氣似地露出笑容。

裝在行李袋裡的少許換洗衣服、只能插一朵花的花瓶、化妝品和牙刷，還有口袋型收音機和吹風機等小家電。把這些東西拿出來，放進三坪大的房間，就完成了所有的入住準備。轉眼之間就搬完家後，泉和百合子一起坐在床上，默默注視著遠處盛夏的大海。也許人需要的東西和記憶成正比，在走向死亡的路上，必要物品也越來越少。

聽觀月說明在「海濱之家」的生活後走出門外時，夕陽照在海上。百合子和觀月一起站在門口，陪著泉等計程車。

「以後就多麻煩了。」

當計程車出現在道路前方時，百合子用毅然的語氣說，對著觀月和泉深深鞠了一躬。泉看到了她原本被白髮遮住的脖頸。

「葛西阿姨，彼此彼此，也請妳多指教。」觀月面帶笑容，握住了百合子的手臂，「泉先生，也歡迎你隨時過來。」

「好……我會再來。」

泉看著漸漸靠近的黃色車身，小聲地說。他不敢看母親。

他急急忙忙坐上計程車，對司機說：「到車站。」在車門關上的同時，他看到百合子的嘴巴動了動。百合子似乎想要說什麼，但泉沒有聽清楚，計程車就駛了出去。泉注視著百合子在後視鏡中越來越小的身影，似乎聽到了她說的話。

記得買花過來。

瓦斯爐下方堆滿了燒焦的鍋子，碗盤亂七八糟地疊在一起，零食塞滿紙袋。泉回到了屋主已經離開的這棟小透天厝收拾百合子的東西。他把裝在保鮮盒內的蘿蔔絲乾和東坡肉從冷凍庫拿出來丟掉時，忍不住回想至今為止，自己吃了多少次母親親手做的菜，同時發現以後再也吃不到了，忍不住看著這些菜餚在垃圾袋中漸漸溶化。

整理完廚房之後，他走進盥洗室，把大量囤積的洗髮精、洗衣粉和肥皂拿出來。原本打算帶回家，但又覺得和即將有新成員加入的家庭格格不入，最後還是丟掉了。荒廢的院子、凌亂的鞋櫃、堆滿東西的壁櫥。他覺得自己擅自闖入了百合子的生活，忍不住有點畏縮，但也不打算假他人之手整理。他完全沒看到老舊的相簿和自己年幼時的照片，然後才想起之前丟掉了。泉在「那一天」死心斷念地把家裡所有的照片都丟進了垃圾桶。

當他回過神時，發現天色已暗。他瞥了一眼林立的集合住宅窗戶亮起的燈光，開始整理始終沒有碰的書架。在百合子喜愛的阿嘉莎．克莉絲蒂、艾勒里．昆恩、亞瑟·柯南·道爾等作家的文庫本推理小說後方，排放著紐約、倫敦、印度和土耳其這些國家的老舊旅遊書。他在書架上發現了母親意外的心願。

泉把時尚雜誌、音樂雜誌、西洋音樂的CD和獨立電影的DVD這些自己的東西幾乎都清理完畢，卻無法丟棄任何一本母親的書。雖然他不認為百合子會再看那些推理小說和旅遊書，但覺得一旦現在丟棄，母親就會離得更遠。

家電使用說明書、保證書、賀年明信片和書信都雜亂地堆在書架上，他逐一拿起這些東西整理時，撕下的便條紙飄落在地上。

母親熟悉的小字在便條紙上寫了很多內容。

葛西百合子。

生日是一月一日。

兒子名叫泉，喜歡甜味煎蛋捲和牛肉洋蔥燴飯，在唱片公司上班。照服員二階堂太太十點來家裡。不要買吐司。美久已經不上鋼琴課了。泉的太太名叫香織。插花不能斷。廁所在臥室旁。已經吃過晚餐了。不要給泉添麻煩。要好好照顧自己。要送嬰兒服。要買燈泡、三號電池和牙膏。

為什麼會變成這樣？

泉，對不起。

便條紙上滿是百合子努力想要留住的記憶片段。這裡是廁所，這裡是浴室。母親在「海濱之家」重複了一次又一次的聲音在耳邊響起，腦海中浮現她在後視鏡中越來越小的身影。她站在「海濱之家」門口，一臉不安地看著泉。

淚水滴滴答答地滴落在地上的便條紙上。泉懊惱不已，難過不已，忍不住嗚咽起來。媽，對不起。妳一定獨自忍受煎熬。對不起，我都沒有發現。他沒有擦拭滴落的淚水，用顫抖的手撿起了一張一張便條紙。

最後，他打開了壁櫥下層最深處的箱子。

裡面除了有一條從來沒看過的單顆珍珠的項鍊，還有兩本日記簿。

1994和1995。

黑色的封面上只寫了年份。樸素的設計就像是中年男人用的記事本，感覺是故意挑選了不引人注意的款式。泉隨手翻了一下，一九九四年那一本幾乎每天都寫，但一九九五年只寫了幾天而已，其他都是白紙，形成了明顯的對比。

味噌湯的味道再度讓他感到反胃，他忍不住捂住了口鼻。

在泉即將升上中學二年級的四月某個下雪的日子，百合子突然離家出走。那天早晨，她像往常一樣做早餐，然後留下一句「我出門一下」，就不知去向。

那一天，泉被母親拋棄了。

泉在翻閱日記的同時，記憶漸漸甦醒。他想起了那些努力想要遺忘的事，想起了他們母子之間**一直當作不曾存在的**那一年所發生的事。

＊

四月三日

太太，這些箱子要放那裡嗎？

聽到別人這麼叫我，我忍不住結巴起來。我還來不及回答，高大的搬家工人已經脫掉鞋跟踩扁的球鞋走了進來，戴了棉紗手套、像熊掌一樣的手搬起兩個疊在一起的紙箱。捲到肩膀的白色T恤袖子下露出了飽滿的肌肉。

請搬來這裡。我指向臥室，用沙啞的聲音說道。紙箱像積木一樣堆在一起。搬家工人走了三趟，就把所有的東西都搬了進來。

工人要我在確認作業完成的單子上簽名，我用原子筆寫下「淺葉」這個還很不熟練的名字。淺葉正在客廳和電視機的配線奮戰。

搬家工人離開後，淺葉小聲嘀咕說：「我很不擅長弄這種東西。」「你不是理科男嗎？」我忍不住插嘴說，他害羞地笑了起來。我喜歡他的笑容，他笑的時候總是把臉皺成一團，像小孩子一樣。

這裡除了面對鐵路的小臥室以外，還有一間客廳兼飯廳。只有兩個房間，所以轉眼之間就用吸塵器打掃完了。因為之前一直都住透天厝，沒想到公寓的房子打掃起來這麼簡單，太令人驚訝了。

有電視了！淺葉叫著我。

放在客廳角落的電視正在播傍晚的新聞。從來沒見過的地方電視台主播正在播報颶風席捲美國東南部的新聞。灰色的龍捲風捲起農舍的鐵皮屋頂，吹向了高空。

我和淺葉一起去車站前的超市。

晚餐要吃什麼呢？薑汁豬排、洋芋燉肉、味噌煮鯖魚。要不要吃手捲壽司？

今天晚上，我要第一次為淺葉下廚。我們在討論的同時，把蔬菜、肉和魚等各種食材放進購物籃。淺葉走在前面，他的籃子裡放著大瓶醬油、米袋、味噌、鹽和奶油。

這時，我發現了一件事。從今以後，我每天都要為他下廚做飯，一起睡覺，一起起床。一切就像是做夢，完全沒有真實感。只有裝滿食材的購物籃沉重的份量，告訴我這一切都是真的。

我們雙手拎著塑膠袋，並排沿著鐵軌走回家。天色已經完全暗了下來，吐出的氣也變成了白色。入夜之後，還是會有點冷。

百合子，我可以去那裡一下嗎？

他停下腳步，用拿著鼓鼓塑膠袋的手指向前方。

那裡有一家小書店，孤伶伶地、很唐突地出現在鐵道陸橋下。老舊的紅色塑膠屋簷下方透出電燈的燈光。

打開玻璃門，輕輕走進店內。店雖然不大，但店內很乾淨，也沒有二手書店常有的霉味。店裡的貨架並不多，但無論小說還是雜誌，都似乎經過精心挑選出值得一讀的書和雜誌放在貨架上。

一位奶奶獨自坐在整理得井然有序的書架前方的收銀台內，可以隱約聽到收音機的聲音。她是老闆娘嗎？她駝著背，好像擺設一樣坐在那裡一動也不動。不知道她有沒有察覺有客人上門。但是她渾身散發出的感覺，讓人覺得因為她坐在那裡，這裡才能成為一家書店。

淺葉繞著書架緩緩走了兩圈，挑選了兩本文庫本的書。都是歷史小說。他把書拿給我看，自嘲地問：「是不是像老頭子？」

他的薄脣之間露出潔白的牙齒。他的全身上下都很白。臉很白淨光滑，一雙手從手背到指尖都又白又透明，連血管也可以看到。

雖然他有點駝背，但足足比我高一個頭，手長腳長。他總是穿灰色西裝，即使是假日，也都會在白色襯衫外穿西裝。

因為我的品味不太好。他以前曾經這麼對我說。因為不想為穿衣服的問題煩惱，所以都一直穿像學生服一樣的衣服。

他有些地方的確很像「老頭子」，也許這正是我可以放心和他在一起的原因。

百合子，妳也買幾本喜歡的書。淺葉這麼對我說，我並沒有特別想看的書，所以拿起收銀台前的日記簿。

黑色合成皮革的封面上只寫了年份。

我決定買這本有一種「老頭子」味的日記簿。這本日記簿應該不會引人注目。我們的生活終於拉開了序幕，不能被任何人發現。

四月四日

淺葉去上班了。

入學典禮結束後，他要和大學的教授討論新學年的課程計畫。

打開行李袋，把內衣褲和幾件襯衫、洋裝、薄大衣等放進壁櫥內的收納盒。我一下子就整理完所有的行李。我連書、樂譜、首飾和化妝品都沒有帶來，鋼琴、學生和重要的東西都留在那個家裡。

我從堆放在一起的紙箱內把淺葉的衣服一件一件拿出來，他的衣服帶著淡淡的甜味。那是他的氣味，讓人忍不住想要緊緊抱住。他出門還不到一個小時，我已經想他了。如果被他知道，一定會覺得很可怕。

最下面的紙箱內裝了許多船舶相關的論文和專業書籍，我把它們整齊地收在牆邊的書架上。

我發現書的縫隙中夾了一張CD，那是霍洛維茨的專輯，收錄了舒曼的鋼琴曲。那是我剛認識他的時候向他推薦的專輯，不知道他什麼時候買的。我忍不住高興起來。

霍洛維茨演奏的鋼琴好像在唱歌，我很喜歡。他不會規規矩矩地按照樂譜彈奏，而是自由地改變節奏，但強烈而夢幻的演奏總是令人印象深刻。我只會一板一眼、循規蹈矩地彈琴，所以一直很崇拜他。

回想起來，在高中最後的暑假之後，我就沒有再寫過日記。那時候寫日記也是三天打魚，兩天晒網。明明是日記，卻好像是寫給別人看的，很快就覺得累了。之後就從來沒有想過要寫日記。整天忙於生活。雖然覺得忘記了很多重要的事，但既然無法記得，就代表原本就不是什麼重要的事。

但是，現在我覺得必須寫日記，我希望記錄自己看到了什麼，有怎樣的感受，把這一切留下。淺葉細長的眼睛，溫柔低沉的聲音，用細長的手指摸耳朵的習慣。我要把所有的一切都寫下來。

四月五日

我走去小陽台上晾洗好的衣服，沒想到下起了雨。

因為沒有其他地方可以晾衣服，所以我又回到房間，看著晾在衣架上的襪子。我的襪子和淺葉的襪子交錯在一起，意外發現原來我們腳的尺寸相差這麼多。

位在五樓的房間窗外可以看到行駛在高架軌道上的電車。乳白色和朱色的雙色車廂像玩具一樣可愛。車站後方的車庫內有兩列等待發車的電車。電車被雨淋溼了，勇敢地等待出場。

第一次認識淺葉的日子也下著雨。

那是星期六傍晚，為優子上完鋼琴課後，獨自看著打在窗戶上的雨滴。雖然要出門買晚餐的食材，但雨很大，不太想出門。

他剛好在這個時候上門。他一身灰色西裝被雨淋溼了，靦腆地說想學鋼琴。他說想在朋友的婚禮上彈鋼琴。

他在下一站的那所大學工作，住在坡道上方的集合住宅內。他說每次經過我家門口就看著招牌，豎耳細聽鋼琴的聲音。

「你想彈什麼曲子？」

我問他。他說喜歡舒曼的樂曲。雖然經常聽到有人喜歡蕭邦或是莫札特，但喜歡舒曼的人很少見。我也是少見的人之一。我很高興遇到同好，忍不住問他：

「你知道舒曼一直為心愛的人寫樂曲嗎？」

「是不是鋼琴家克拉拉？」淺葉不假思索地回答，「舒曼寫情書給她，持續寫樂曲。」

「是不是很動人？而且他們最後還結了婚，請問你最喜愛舒曼的哪一首樂曲？」

「〈夢幻曲〉。」

聽到淺葉再次不假思索地回答，我高興得笑著表示同意，也許說話的聲音也有點高亢。

「那是《兒時情景》的第七首，也是我最愛的樂曲，你知道樂曲的由來嗎？」

「是不是為他們的孩子所創作的？」

「通常都會這麼想。」他聽了我的話，露出困惑的表情，目不轉睛地看著我，似乎在催促我說下去。「舒曼是在和克拉拉結婚之前寫下那首樂曲。聽說克拉拉的父親反對他們結婚，他持續偷偷寄情書給克拉拉。克拉拉回信給他說，『你有時候像小孩子一樣』。她這句話的餘韻讓他創作出了《兒時情景》。」

淺葉就像發現寶物的少年般笑了起來。

「所以他自始至終都是為克拉拉創作樂曲。」

他小聲嘀咕著，然後手指做出彈鋼琴的動作。他的左手無名指上戴著很新的銀色戒指。

之後每週六的傍晚，他都來練習〈夢幻曲〉。

我只重複教他這首樂曲，讓他能夠三個月後，在朋友的婚禮上彈奏這首樂曲。他的手指很長，而且很靈活，所以進步神速。他說他買了電子琴，平時在家也會練習。我覺得他個性很認真，最重要的是，我很高興他喜歡鋼琴。

回想起來，從小到大，家裡一直有鋼琴。從小時候開始，家裡的客廳都有一台平台鋼琴。

現在，這個小公寓內沒有鋼琴，但我不寂寞。

四月六日

淺葉告訴我他上課的時間。

幾乎每天都九點出門，晚上五點結束。

星期四從十一點開始，星期三到下午三點結束。

每天早上和晚上都可以一起吃飯。

他搶先說了我正在想的事。

傍晚的時候，我逐一洗好了剛買的餐具，放進廚房旁的玻璃門櫃子裡。看到放在一起的兩個杯子、兩個盤子，就不由得興奮。

今天晚上要燉一鍋牛肉。

四月十一日

淺葉去了大學，所以我決定在附近散步。

公寓附近就有一條小河，飄落的櫻花花瓣宛如鋪上了粉紅色地毯。綠色的山在遠方連綿起伏，另一側是大海。整座城市從山邊緩緩向大海的方向延伸。

看向大海的方向，有很多家大型釀酒廠。在電視廣告中曾經看過的白鶴展開翅膀的標誌。這裡應該是發祥地。

從住家附近的車站沿著小河走上緩和的坡道，看到了歷史悠久的公共禮堂。淺棕色建築物上的展望台好像戴了一頂圓形的帽子。

因為剛好是午餐時間，我就在地下樓層的老舊食堂吃了午餐。

鮮豔的黃色蛋包飯在濃稠的多蜜醬汁上冒著熱氣。廚房的爺爺告訴我說，蛋包飯是這家經營超過六十年的食堂的招牌菜。多蜜醬汁的甜味結合了番茄醬的酸味，和雞蛋的溫潤口感融合在一起，在嘴裡漸漸溶化。我立刻忘我地用湯匙吃了起來，轉眼之間就吃完了，又一口氣喝完了杯子中的水。太好吃了。下次要約淺葉一起來吃。

一想到要帶他來這裡，就覺得再也等不及了，當我回過神時，發現自己已經搭上了去大學的電車。從住家到大學所在的車站有五站，但這條路線的車站和車站之間的距離很短，十多分鐘就到了。

從車站往大海方向走了五分鐘。大學校園出現在巨大的高速公路高架橋遠方，學生三五成群從校門走出來。不知道是否因為是船舶相關科系的校園，幾乎都是男學生。我為自己都這麼大年紀了，還跑來學校找他感到害羞，低頭走進了校門。

我趁警衛不備，悄悄溜進校園。

白色校舍的頂樓是閃著銀光的天文台。每一棟校舍都差不多三層樓高，校舍前都有木製長椅，所有的椅子上都沒有學生。

穿越校舍，看到了操場，放眼望去，到處都是一片紅棕色的泥土。足球、田徑和橄欖球社團的學生在操場上奔跑，但這些學生似乎也不知道該怎麼應付偌大的操場。

有一艘雪白的船停在紅棕色泥土後方的小海港。

這所大學有一艘很大的船。

我突然想起淺葉曾經開心地這麼告訴我。

四月十二日

繼續寫昨天的事。

我坐在操場旁的長椅上注視著那艘白色的船。

有一天，淺葉會搭這艘船出海嗎？要去亞洲還是歐洲？或者是非洲？想像這些事時，忍不住感到寂寞。寂寞總是糾纏著我。

太陽漸漸下山了。

「百合子，妳來了。」

身後傳來溫柔低沉的聲音。回頭一看，淺葉正看著我。

「我剛上完課，走出校舍，看到一個熟悉的背影，嚇了我一跳。」

淺葉笑著在我身旁坐了下來。在陌生的土地上，我們都變得稍微大膽了。

「你為什麼會想要研究船？」

我和淺葉坐在一起看著白色的船，想到了這個一直想問的問題。

「其實我原本想當建築師。」淺葉想了一下之後開了口，「但考大學時沒考上，所以就讀了工學，之後開始研究船舶。我原本就很喜歡交通工具，尤其喜歡船。汽車可以量產，船就像房子一樣，要逐一建造。」

淺葉在聊工作的事時，說話總是特別快。他應該很興奮，所以迫不及待。他自己有沒有發現？

「飛機是在一九三〇年誕生，汽車是在一七六九年誕生，但五千年前就已經有船了，在古埃及，曾經用船在尼羅河上運石頭，江戶城和大阪城石頭圍牆的石頭，也都是用船運來的。」

我也喜歡船。在海邊的時候，總是百看不厭。我一邊附和，一邊這麼告訴他，結果他越說越快。

「在我研究的流體力學中，船隻的螺旋槳很重要。只要稍微改變螺旋槳的形狀，就可以節省燃料費，只不過這項研究永遠沒有止境。至今仍然沒有人能夠解出納維爾-史托克斯方程式這個流體力學根本原理的方程式。」

淺葉一口氣說完後沉默片刻。我什麼話也沒說，只是默默注視著他。這樣可能有點壞心眼。

他苦笑著嘀咕說：「這些話很無趣吧？」

我輕輕握著他的手告訴他，我喜歡聽他說一些我不知道的事。

四月十五日

上完鋼琴課後，我曾經和淺葉一起聊過彼此的父母。

我告訴他，我決定成為單親媽媽生下孩子後，和父母之間的關係就疏遠了。

淺葉的父親和他一樣，也是一名學者。淺葉五歲的時候，父親在工作和家人之間選擇了去國外工作。

「我爸爸啟程去歐洲時，我們一起去碼頭為他送行。我媽媽在我身旁哭著揮手，那時候我知道，爸爸拋棄了我和我媽。」

他坐在鋼琴前的椅子上說。

「汽笛響起，船離開了碼頭，甲板上丟下許多五彩繽紛的紙彩帶。船在空中飄舞的彩帶後方駛向群青色大海的樣子太美了。被父親拋棄的悲傷心情，和美麗的景象結合在一起，漸漸變成了我對船舶的熱愛。是不是很奇怪？」

我坐在餐桌旁椅子上，緩緩搖著頭。

我能夠發自內心地理解他的心情。

悲傷的心情的確有可能和美麗的景象結合在一起變成愛。

我和淺葉經常在聊天中，一起發現同一個真諦。

我經常覺得我們就好像原本分別在南半球和北半球探險的兩個人終於相遇，然後瞭解了地球的一切。

四月十九日

我去鐵道陸橋下的書店買了幾本旅遊書。

那位老太太一定覺得買了這麼多本書的女人腦筋有問題。

倫敦、紐約、印度和土耳其。

我想像著和淺葉去世界各地旅行的日子。

如果和淺葉一起去伊斯坦堡旅行會怎麼樣？

參觀藍色清真寺後，再去逛市集，吃鯖魚三明治，還要試試抽水煙。會不會在開朗爽快的導遊的花言巧語之下買土耳其地毯，然後遇到小偷，最後身無分文，不知所措？

即使這樣，只要有他在身旁，我一定會感到幸福無比。

我終於遇見了真命天子。

淺葉左側斜後方的頭髮總是會翹起來。

不知道是不是天然鬈，每天從早上起床到晚上睡覺，那一撮頭髮總是很反叛。

淺葉應該不知道自己那一撮不規矩的頭髮。他還沒有發現。

一旦告訴他，這個秘密就不再只屬於我一個人，所以我不想告訴他。

四月二十七日

傍晚五點時，不知道哪裡傳來了德佛札克的〈念故鄉〉。

小時候住在很大的透天厝。傍晚五點，在二樓的房間，聽到從外面傳來這個旋律，好像在說「改天見」、「我回來了」。

每次音樂結束，就聞到媽媽煮味噌湯的味道。

啊，晚餐的時間快到了。淺葉快回家了。

我要準備晚餐了。

今晚我打算煮薑汁豬排和蘿蔔味噌湯。

淺葉很挑食。

第一次和他一起吃飯時，我就發現了這件事。他不喜歡吃萵苣、菠菜之類的葉菜，不喜歡魷魚、章魚或是貝類，也不敢吃豬肝或是內臟類。

他說，他爸爸出國之後，他媽媽工作很忙，幾乎無法下廚做飯給他吃。

「我媽都拿錢給我，我都買自己喜歡的食物來吃。」

我看著他盤子內撥到一旁的葉菜時，他尷尬地這麼說。

他和我兒子一樣，都是左撇子。

深夜之後，電車結束一天工作，紛紛回到車庫。

窗外看起來就像有八道連續的光。

簡直就像電車的飯店。

五月二日

那一次，我謊稱要和高中同學見面，然後出了家門。

淺葉在朋友的婚禮上演奏〈夢幻曲〉很成功，所以說要請我吃飯表達謝意。

我和他約在離家有一段距離的鬧區見面，一起走去打算去用餐的餐廳，沒想到那家餐廳正在重新裝潢。

淺葉為他沒有事先預約道歉，說了聲「等我一下」，就跑著去找其他家餐廳。我目不轉睛地注視著他消失在夜晚鬧區的笨拙背影。

幾分鐘後，他上氣不接下氣地回來了，一臉傷透腦筋的表情說：

「雖然我看到幾家餐廳，但我太慌亂了……不知道哪一家比較好。」

我忍不住笑了起來。因為我覺得太好笑了，而且也太可愛了。

淺葉一臉困惑的表情，擦拭著額頭的汗水。

我建議去車站大樓的西餐廳吃飯，然後點了漢堡排。我們一起拿起餐巾紙，擋住滾燙的鐵板上濺出來的肉汁相視而笑。

妳以前是怎樣的小孩？為什麼開始彈鋼琴？談過什麼樣的戀愛？

淺葉問了我許多問題，露出天真的笑容說，「葛西老師，我對妳充滿好奇。」

我幾乎無法回答他的問題。

我不太記得了。我一直重複這個回答。並不是我不想回答，我覺得可以把所有的一切都告訴他，但即使在記憶中尋找，也覺得好像蒙上了一層迷霧，無法詳細明確地描述。

「我完全想不起自己的事，但對兒子的事記得一清二楚。」我喝著甜點後送上來的濃縮咖啡，深焙的咖啡帶著淡淡的苦味，「回想起來，我整天忙於和兒子的共同生活，根本無暇考慮自己的事。」

淺葉目不轉睛地注視著我的臉，然後深深地嘆了一口氣說：

「那以後要不要為自己而活？至少和我在一起的時間要為自己而活。」

店內的擴音器中傳來輕快的鋼琴聲。〈第七號圓舞曲〉。那是蕭邦寫的一首無法跳舞的圓舞曲。

淺葉每次都想要彈得分毫不差，結果整個人很僵硬。我告訴他，彈琴的時候努力讓自己樂在其中。因為這是音樂。

「有道理。」他苦笑之後，用力瞪著樂譜，重重敲打著琴鍵。看著他的樣子，我覺得音樂可以反映一個人的性格。

他是那種中規中矩的人。

我也一樣。

不會有即興發揮。

只能認真彈好每一個音。

我聽了一會兒之後，發現那是霍洛維茨的演奏。輕盈的音樂用力推著我的後背。

為自己而活。

我覺得迷霧一下子散開了。

在我決定要為兒子而活時，時間、金錢和身心都不再屬於我自己。我認為這樣也沒關係，但和淺葉在一起的時候，只有和他在一起的時候，我或許可以為自己而活。

我們要一起創造很多回憶。走出餐廳時，他對我這麼說。當我回過神時，和淺葉一起走進了飯店。是我主動約他。

五月三日

我不習慣別人對我溫柔。

因為我一直認為那是別人基於對單親媽媽的同情，所以無法坦誠接受。

但淺葉的溫柔不一樣。

他只是靜靜地陪伴在我身旁。

我要去神戶工作。

淺葉很唐突地這麼告訴我。當時我們正在床上，他從後面抱住了我。

我們開始約會已經有半年的時間。

為什麼？什麼時候？那我該怎麼辦？

腦海中浮現很多想問的問題，但我只是「嗯」了一聲。

那所新的大學請他去當教授。他會把妻兒留在這裡，打算在那裡借一間小公寓。淺葉在我耳邊自言自語般地說著這些事。

淺葉並不是那種體貼入微、巧言如簧、長袖善舞的人，他個性單純、忠厚老實，像少年一樣。

同時，他的骨子裡的某個部分對任何人都很寡情薄意。他的這番話漫不經心，難以瞭解他的真心，但他這種純粹的寡情薄意正合我意。

淺葉直到最後，都沒有提出要我跟他走。

他總是舉棋不定，凡事都是由我做決定。點餐、約會地點、約會時間都是由我決定，但無論我說什麼，他都表示贊同。他很聽我的話。如果我提出分手，他應該會露出有點落寞的表情說，這也是無可奈何的事。

此刻，我在這裡，和淺葉在一起。

原本下定決心一輩子和兒子兩個人相依為命。我一直相信這座孤島就夠了，但我不小心瞭解了世界。

一艘白色的船闖入了原本封閉的寧靜小港灣。

淺葉在船上呼喚我，我跳上了船。我不知道這艘船要駛向何方。

但是，我心甘情願。

六月九日

淺葉返鄉後，我一直獨自在家。

每天都數著飛過藍天的飛機，和在鐵軌上來去的電車。

即使我足不出戶，世界照樣運轉。

被拋下的焦急心情和格外安心的感覺，這兩種感覺交織在一起，讓我更加無法動彈。

我在整理散亂的郵件時，看到了綠繡眼和冠魚狗的郵票。

明信片要貼五十圓，信件要貼八十圓。我這才想起郵資在新年之後調漲了。

然後我發現，這半年來，我完全沒有寄過明信片或是信。

我拿起筆，打算偶爾也來寫封信。

但是要寫給誰？我很快就停下了筆。

因為我選擇了淺葉。

我這麼告訴自己。

六月十三日

淺葉在傍晚回家了。

他把行李袋一放在玄關，就從後面抱住了我。我正在切豆腐，準備煮味噌湯。

他一次又一次親吻我的脖頸，雙手輕撫著我的腰。背後傳來卡答卡答解開皮帶的聲音。等一下。他似乎沒有聽到我的聲音，開始解開我襯衫的鈕扣。耳邊傳來他的喘息聲，這幾天已經淡忘的高漲感覺一下子又回來了。我膝蓋發軟，雙腿顫抖。他的手指，他的聲音，他身上的氣味，我愛他的一切。

一絲不掛地躺在被褥上時，淺葉發現了金魚缸。

我告訴他，那是他不在的時候，我去隔壁車站的水族用品店買回來的。一尾小琉金，另一尾稍微偏大的同種金魚。我買了一對，才不會孤單。我為這兩尾鮮紅色的金魚取名叫槭和楓。

七月十日

淺葉這一陣子都熬夜加班。

他似乎忙著研究和寫論文，一直留在研究室到早上。

一個人睡覺時常常做夢。

可怕的夢、傷心的夢、開心的夢。

幾乎所有的夢中，我都是孤單一人。

但淺葉出現在昨天的夢中，我很高興。

但我完全不記得他在哪裡，又在做什麼。

真是太可惜了。

以後我要把做過的夢都寫下來。

以前曾經聽說，每個人每天都會做夢，只是都忘了而已。

那些被遺忘的所有的夢。

那些夢裡到底有什麼？

八月三日

我出門逛街，為淺葉的生日做準備。

「百合子？」

我正在百貨公司的地下樓層挑選蛋糕，突然聽到有人叫我。那是音大時代的同學Y。

她五官輪廓很深，很像混血兒，說話還是娃娃音。手腳筆直纖細，雖然眼角和脖子上有了皺紋，但像人偶般的外形簡直和學生時沒什麼兩樣。只有站在她左右兩側的一對和她長得很像的女兒，顯示距離學生時代已經過了二十多年。

「果然是妳！妳一點都沒變！」Y看到我愣在那裡，又接著問我：「妳住在神戶嗎？」

在聽到具體地名的同時，喚醒了我的記憶。

Y從大學一畢業，就早早地結了婚，然後隨丈夫調職搬來神戶。她個性開朗，漂亮可愛，總是笑得很大聲，很會營造氣氛。她在歡送會上喝得酩酊大醉，哭著向全班每一個同學說，你們要來神戶玩，我們一起去吃牛肉。

「我也是因為我老公目前在神戶工作……」我告訴她，自己目前的境遇和她完全一樣，簡直就像在照鏡子，「所以全家都搬來這裡。」

「原來是這樣！多久之前？」

「嗯，好像是、去年。」

「是喔，所以妳有幾個孩子？」

「一個兒子，已經上中學了。」

回答這句話時，我發現在生孩子之後，就沒有和大學的任何同學見過面，當然也沒有把生孩子的事告訴任何人。

「這樣啊，原來妳生了兒子，目前讀哪一所學校？」

「呃，在石屋川那裡。」

我在情急之下，說了目前所住的車站名字。

「石屋川那裡有中學嗎？」

我說不出話，東張西望起來。眼前的櫥窗內排放著用水果裝飾的蛋糕，即使在這種狀況下，我仍然思考著淺葉會喜歡哪一種蛋糕。

「喔，是不是御影中學？」Y看到我沒有答腔，自顧自說了下去，「真羨慕，妳兒子一定很喜歡妳這麼溫柔的媽媽，不想離開妳吧？」

「沒這回事，最近進入叛逆期，而且有耗不完的體力。」

「我家的女兒也很早熟，很傷腦筋，感覺已經不是女生，而是女人了。」

Y說完，看向和她差不多高的兩個女兒。兩個女兒不知道什麼時候走去不遠處看巧克力了。

「但女兒長大了，也都會一直和媽媽感情很好，真羨慕妳。」

「即使感情再好，早晚還是會嫁人離家。」

「如果是兒子，一旦結了婚，根本就不顧家了。」

當我回過神時，發現我們之間的談話完全就是常見的「母親」在聊天。百貨公司的地下樓層人來人往，商品琳琅滿目，我在陳列了五花八門蛋糕的櫥窗前，和Y繼續著這種曾經在別處聽過的「母親之間的聊天」。

我從音樂大學畢業之後當了鋼琴老師。雖然無法成為鋼琴家，但還是無法放棄鋼琴。之後在朋友的介紹下，和大學的副教授結了婚，他在研究船的螺旋槳。妳一定聽不太懂吧？我到現在也搞不太清楚他到底在做什麼。我們在當地買了一棟中古的透天厝，一家三口在那裡生活，但神戶有一所大學請他來當教授，所以我們就一起搬了過來。雖然一開始有點不太適應，但習慣之後，就覺得是一個很棒的城市。這裡很安靜，有山也有海，之前我還和老公聊天說，早知道應該在兒子還小的時候就在這裡生活。來這裡之後，我就不再教鋼琴，目前只是當作興趣。但我兒子熱中電吉他，每天都被他吵死了，而且完全沒有進步，我甚至有點想自己去學吉他，然後再來教他。

我興奮地笑著，口若懸河地說著「我的人生」。真實和謊言交織在一起，漸漸不知道什麼是真，什麼是假。說著說著，慢慢覺得這真的就是我的生活。

只要重寫記憶，這一切就是我的人生。

和Y聊了三十分鐘往事，我們互留了電話道別。

「改天再約見面！」

Y用力揮著好像人偶般纖細的手臂，帶著兩個女兒離開了。我再次打量她，發現她是「母親」的臉。

不知道我是什麼臉。

晚餐吃了在百貨公司地下樓層買的豐盛熟菜和親自下廚做的菜，還有草莓生日蛋糕。淺葉高興地吃著每一道菜。

這是最後一個三字頭的生日。他小聲嘀咕。

我至今仍然難以相信，他竟然比我小六歲。

八月十日

雖然我很少意識到他比我年紀小這件事，但看著他熟睡的臉龐，有時候會想到這件事。

明天開始，他要回家三天。

八月十一日

淺葉兩個月就會回家一次。

我猜想他回去見老婆、孩子，但他從來不會提這件事。

那裡才是他的家，而不是這裡。

既然這樣，該如何稱呼這裡？就像是鳥兒短暫的歇腳處嗎？

獨自等待時，經常回想起即將生孩子時的心情。

那時候，肚子一天比一天大，整天在家足不出戶，不和任何人見面。只是默默打掃、洗衣服、下廚，做每天的家事，然後彈鋼琴。一個人生孩子。那段日子並沒有想像中那麼寂寞，可以獨佔孕育生命的喜悅，生活充滿了幸福。

但是晚上還是感到寂寞，有時候也會因為不安難以入眠。這種時候，就會出門去散步。

等你出生之後，不知道會想吃什麼？要不要去哪裡？要聽什麼音樂？會喜歡鋼琴嗎？

我慢慢走在夜晚的街頭，對著肚子裡的孩子說話。

我忍受著強烈的陣痛，獨自躺在醫院的床上。

爸爸和媽媽都沒有來醫院。

淡淡的期待遭到背叛，我陷入了悲傷。

激烈的陣痛像海浪般來了又走，走了又來。我在病床上縮成一團，不安地顫抖著。婦產科的年邁醫生對我說，妳肚子裡的孩子也在加油。

加油，加油。

我在病床上努力擠出聲音，激勵自己和兒子。

陣痛越來越強烈，痛得難以忍受。在快要失去意識時，護理師衝了進來，把我推進分娩室。

我在明亮的白光中咬緊牙關。

兩次、三次。

加油！再加一把勁！

我聽到年邁醫生的聲音。

抓著握桿的手握緊，全身用力，汗流不止。

四次、五次、六次。全身的力氣都集中在腰部。

溫暖的東西離開身體，好像身體的芯被抽走了。

哇哇、哇哇。

嬰兒大聲哭泣。

生出來了！生出來了！

醫生把通紅的嬰兒交到我手上。

我用顫抖的手抱了起來。嬰兒很溫暖，很柔軟。

謝謝。

當我回過神時，發現自己淚如雨下。

謝謝。我終於見到你了。從今以後，我們要相依為命。

我為什麼會寫這些？

我決定暫停寫日記。

九月二十九日

聽說一樓最邊間的房間被人闖了空門。

警察來到五樓我們的房間，問了幾個問題。最近有沒有看到陌生人出入？昨天白天有沒有聽到什麼動靜？

我都回答說沒有。如果仔細回想，或許曾經聽到、看到，但我希望警察趕快離開。

警察看著我，眼神似乎也在懷疑我。如果他看到我和淺葉在一起，會發現我們並非真正的夫妻嗎？

我馬上出了門，走進車站前的咖啡店。

這家老舊的咖啡店門口的櫥窗內，放著用蠟做的拿坡里義大利麵、吐司和冰淇淋蘇打的模型。老闆是一個老爺爺，除了點餐以外，不會和客人說話。無論坐幾個小時都不會覺得不自在，我在店裡獨自喝咖啡。

「真是太可怕了。」

隔壁桌的客人突然對我說話。

一個戴著淡茶色鏡片眼鏡的男人一邊吃著肉醬義大利麵，一邊看著我。店裡的電視放在高得像神龕高的位置，電視中傳來資深諧星口若懸河地說單口相聲的聲音。

「妳家沒事吧？」

這個男人是誰？我盯著那張似曾相識的男人。他似乎察覺了什麼，拿下了眼鏡，露出了一雙浮腫的單眼皮眼睛。

他是住在隔壁的男人。我搬來這裡差不多半年了，但平時遇到時，只有點頭打招呼而已，從來沒有交談過。我小聲地回答：「對，沒事。」

「現在的世道真是不太平。」

鄰居對著電視說。他非假日的白天出現在咖啡店，代表他沒有上班嗎？但我平時並沒有整天都聽到隔壁傳來動靜。我輕輕點了點頭，他繼續說道：

「話說回來，還真是稀奇啊。」

「稀奇……嗎？」

「我聽管理員說，幾乎沒有偷任何值錢的東西。」

「那偷了什麼？」

「放了全家照片的相簿、舊皮包，還有熊的木雕、觀光景點買的錦旗之類的東西都不見了。」

鄰居說到這裡，就像在吃蕎麥麵般呼嚕呼嚕大聲吃義大利麵，電視中的諧星一直重複相同的笑話。

「哇哈哈。」

鄰居滿嘴義大利麵笑了起來，他的聲音聽起來很模糊。

「太有趣了，太好笑了。」

咖啡店內響起觀眾捧場的笑聲，好像在呼應他說的話。

我突然想起以前看過的一本小說。

許多灰色的男人來到一名少女居住的地方，他們偷走了「時間」。大人的時間都被偷走，卻都沒有人發現，仍然孜孜矻矻地工作。少女發現了這件事，想要奪回被搶走的時間。

放了全家照片的相簿、舊皮包、木雕熊和錦旗。

我在腦海中想著這些被偷走的東西，發現都是關於「回憶」的東西。我感到背脊發涼，環顧四周，發現鄰居已經不見了。

我的臉出現在眼前的咖啡中，看起來好像在害怕什麼。

淺葉回家之後，我要把偷回憶小偷的事告訴他，雖然他一定會不當一回事。

十月二日

今天的天氣很不錯，我沿著河邊散步。

我聞到像牛奶般的甜甜香氣，抬頭一看，發現了橙色的小花在樹上綻放。金桂花。我忍不住說道。

每逢秋天，隔壁庭院就會傳來金桂花的香氣。

我們總是一起坐在屋前用力呼吸。

十月八日

我和淺葉吵架了。

吵架的原因微不足道，根本不值得寫在這裡，而且我也忘記了。

我們爭執了五分鐘後，他坐在餐桌旁不發一語。我不想和他同處一室，所以走進臥室，關上了拉門。

我聽到關門的聲音，探頭看向客廳，發現客廳沒有人。淺葉沒有向我打招呼就出門了。

不管他。他應該很快就回來了。我這麼告訴自己，在家等了兩個多小時都沒有接到他的電話，於是就出門去找他。

他會去的地方，除了車站附近，應該就是學校吧？

我走去車站，走進幾家店看了一下。在傍晚擁擠的街頭尋找淺葉的身影，但並沒有找到他。

無奈之下，我搭電車去大學。天色已暗，我走在沒有人影的校園，在他的研究室外張望，還是沒有找到他。

我全身冰冷，所以就回了家。家裡漆黑一片，淺葉似乎並沒有回家。他丟下我回東京了嗎？不可能。我立刻否定了這種想法。

我坐立難安，衝進車站前的超市，買了晚餐的食材。今晚做他喜愛的漢堡排和甘煮胡蘿蔔。他一定會說很好吃。

我雙手拎著裝滿食材的袋子走出超市，看到一家藥妝店。我想到面紙快用完了，於是衝進了刺眼的日光燈照亮的店內。

我抓起放在店門口附近的面紙、衛生紙後走向深處，從貨架上拿了洗髮精、肥皂、洗衣粉和柔軟精抱在手上。

要多久才會用完這些東西？三個月？還是半年？在用完之前，能夠繼續和淺葉在一起嗎？下次還有機會再買洗髮精嗎？

我雙手拿了滿滿的東西走進車站前的花店，正在挑選鮮花和插花的花瓶時，發現搬來這裡之後，我從來沒有買過花。

回到家時，淺葉躺在榻榻米上看電視。三人組的諧星扭著身體說：「我沒聽說啦。」

哈哈哈。他笑了起來。

這是去年流行的笑話，他竟然還覺得好笑。

我想到了那個鄰居。雖然他邊吃義大利麵邊笑，但看起來完全不像樂在其中。也許那就是淺葉未來的樣子。

「百合子，對不起。」

淺葉看著電視嘀咕。他向來不太會道歉。

「我也很對不起，我馬上來煮飯。」

我這麼回答後，就挽起袖子走去廚房。

十一月三十日

淺葉今天休息，我們一起走去歷史悠久的公共禮堂的地下食堂，一起吃蛋包飯。反正離家很近，隨時都可以去。一直這麼想，一下子就過了半年多。

隨時可以吃到的東西就懶得伸手拿來吃。這到底是人性，還是他的個性？

最近我們幾乎很少一起出門，也沒有做愛。

十二月六日

我無法克服母愛這種麻煩的本能。

這種既像是愛，又像是憐憫，又彷彿是痛苦的感覺困住了我。

每次看淺葉，就覺得在他身上完全感受不到父愛。

十二月二十四日

我去三宮買平安夜大餐的食材。

採買完之後，去百貨公司屋頂的咖啡店和Y一起喝咖啡。八月偶然和她重逢之後，我們偶爾會聯絡。今天是我們第三次見面。

上次和上上次，我都對她說了虛構的人生。

和鄰居打交道的煩惱、兒子在運動會上大顯身手、說老公的壞話、安排新年回鄉探親的日子。

和Y聊天時，明明事先並沒有準備，但還是能夠喋喋不休說故事。和丈夫、獨生子的生活雖然並不富足，但很幸福。

「上次鄰居家被闖了空門。」

有時候也會想聊聊真實的事。

「啊？妳家沒事吧？」

「嗯，只有一樓被闖空門，我家沒事。」

「沒事真是太好了。」Y露出鬆了一口氣的表情抓起草莓蛋糕上的草莓。她的感情很豐富，用輪廓很深的五官表達豐富的感情。

「也沒什麼好。」

「什麼意思？」

「因為這件事，以前只有點頭打招呼的鄰居經常找我說話。」

我避開草莓，把叉子插進草莓蛋糕。我很羨慕Y這種能夠最先吃草莓的性格。

「這種事真的很麻煩。雖然我覺得這樣很幼稚，但看到有人也要來搭電梯，我都會急忙按下按鈕，把電梯門關起來。」

「我也沒辦法在公寓遇到鄰居時打招呼。」

「我懂！難以相信有人竟然可以輕鬆地做這件事。」

「那種人才是正常的大人吧？」我忍不住笑著說。「那倒是。」Y掩著嘴大笑起來。和她在一起時，總覺得好像回到了大學時代，好像這裡原本就是屬於我們的地方。

「但是那個闖空門的很奇怪，竟然偷相簿、舊皮包，還有在觀光景點買回來的紀念品。」

「存摺和現金呢？」

「好像完全沒碰。」

「這種小偷更讓人害怕。」

Y把球精準地丟回我希望她丟的位置。我之前把這件事告訴淺葉時，他一臉無趣地說：「可能太匆忙了吧。」

「對啊，感覺好像把回憶拿走了。那種東西被偷，不是反而讓人覺得心裡發毛嗎？」

「百合子，什麼東西被偷走，會讓妳覺得傷腦筋？錢這種東西，最終還是可以解決。」

「日記被偷走很傷腦筋。」

我不假思索地回答。如果這本日記被偷走，不知道會怎麼樣？看了日記的人，到底會想什麼？

「沒錯，搞不好最傷腦筋！」

Y大聲說道。「妳有寫日記？」我好奇地追問。她點了點頭，我又繼續問：

「妳都在日記上寫些什麼？」

Y收起了臉上的笑容。我發現自己問太多了，於是低頭喝紅茶。她只吃了草莓，完全沒碰蛋糕。店內正在播放外國少年合唱團唱的〈聖誕鈴聲〉。

「百合子……不瞞妳說，我有喜歡的人。」

「妳是說……？」

「對，就是婚外情。對方也結了婚，但我們每個星期會見兩次面。是不是很像高中生？但我很愛他，如果沒有他，我簡直快要瘋了。這件事無法告訴任何人，所以只能寫在日記上。」

「我也……」我脫口說道。我也和鋼琴教室的學生有婚外情。他隻身來這裡工作時，我拋棄兒子，和他私奔來這裡，在這裡偷偷摸摸地和比我小六歲的他一起生活。

「如果有機會，我也想和別人談戀愛，所以我非常理解妳這種心情。」

我停頓了一下，表達了虛假的同情，Y只有嘴角露出笑容。她微微張開的嘴發出微微嘆氣的聲音。她臉上輕蔑的微笑似乎在說，妳也實話實說就好，還要繼續說謊嗎？

我聽著少年合唱團的歌聲，決定以後不再和她見面了。

十二月二十五日

我和淺葉的聖誕派對結束了。

不知道是不是喝了平時很少喝的香檳醉了，他很快就睡著了。

我獨自重讀日記。

在這個城市的生活。和淺葉之間的事。我的心情。

我發現還有很多事沒有寫在日記上。我連寫日記都沒有寫實話。

我在寫日記時也要說謊嗎？就像我自始至終都對Y說謊一樣嗎？

在寫日記時，我只想寫實話。

如果連寫日記時也要說謊，那就無可救藥了。

一月一日

淺葉和我一起過生日。

我問他，新年不回家沒關係嗎？他回答說，因為他的論文快來不及了。

事實上，他在年底也每天都去大學寫論文，聽說到本年度結束之前都會這麼忙。

今天在家裡的時候，他也都坐在桌前，傍晚的時候他突然出了門，結果買了蛋糕回來。

「我想了很久，直到最後都不知道該買什麼。」

他抓著頭，送我一條單顆珍珠的項鍊。他什麼時候買的？想像他一臉靦腆地在珠寶店內的樣子，就覺得實在太可愛了。

雖然沒有人會忘記我的生日，但永遠都會被忘記。

所以，偶爾用這種方式過生日也不錯。

一月五日

我獨自在沒有淺葉的家裡拼拼圖。

我在這三天內已經完成了紐約的自由女神、印度的泰姬瑪哈陵，今天要挑戰倫敦的塔橋。

有朝一日，能夠親眼看到實物嗎？長時間注視著建築物，就會覺得已經去過好幾次了。

傍晚，我去了書店。

老奶奶一如往常坐在櫃檯內聽收音機。

我買了一本阿嘉莎·克莉絲蒂的文庫本。

《一個都不留》。這是我第幾次買這本小說？我至少已經看過三次，但每次都不記得兇手是誰。

回家的路上走進了花店，買了插一支花的花瓶和紅色鬱金香。

上次秋天走進這裡時，最後什麼都沒買，但今天很快就發現了該買的花。

一月十六日

傍晚時分，我正在收衣服時，看到天空變成了黃色。像蒲公英般的深黃色。遠處工廠密集地區的吊車變成了剪影，看起來就像是一幅剪影畫。

淺葉今天也住在大學寫論文。

我睡不著，所以就看著金魚缸，發現楓和楲好像在追趕什麼似地一直在魚缸內打轉。

淺葉明天回來之後，我們一起去吃鰻魚。因為我想他一定很累。

＊

身體用力彈了一下，我醒了過來。天花板的木紋好像在扭動，我慌忙坐了起來，但腳下搖晃，好像站在遭到暴風雨肆虐的船上，根本無法站立起來。房間發出吱吱咯咯擠壓的聲音，彷彿被巨人一把抓在手上。

金魚缸掉在地上破裂了，兩尾鮮紅色的魚在深棕色的木地板上跳動。書架發出沉悶的聲音倒了下來，書和雜誌像雪崩一樣在榻榻米上滑動。餐具接連從玻璃門內衝出來，掉在地上打破了。牆壁出現了裂痕，霉味刺鼻。

我無法理解眼前的狀況，也無暇感到恐懼，更無法發出叫聲，只能用被子蒙住頭，一動也不動，三十秒後，搖晃停止了。我慌忙衝出被子，打開了窗戶。

沒有聲音。沒有人聲、鳥啼聲，也沒有風吹動樹木的聲音。我定睛看著窗外昏暗的世界，下方的鐵軌在起伏扭動，原本排列在車庫內的電車也像塑膠模型車般倒在鐵軌上。

淺葉不在家。我一看時鐘，五點五十分。他應該會在大學寫論文到天亮。我抓起電話，撥了研究室的電話，但電話無法接通。他平安無事嗎？我打了好幾次，都只聽到嘟、嘟、嘟的聲音。我想像著海邊的校園被海嘯吞噬的情景，手心忍不住冒著汗，胃液反出來，差一點嘔吐。

我披上尼龍風衣衝出家門，沿著戶外已經出現裂痕的樓梯下樓，一路跑向車站。同樣從家裡衝出來的人穿著睡衣，漫無目的地走在街上。

走進車站的驗票閘門衝上樓梯，看到在月台前方脫軌的電車像蛇一樣扭曲停在那裡。我立刻轉身衝下樓梯，沿著鐵軌旁的路走向大學。只有五站，走一個小時應該就可以到。水泥的車道就像駱駝的背一樣鼓了起來，中央分離線也裂開了，橘色的油漆都剝落四濺。電線杆像骨牌一樣倒下，電線複雜地糾在一起，看起來像蜘蛛網。

一樓被壓扁的房子冒著黑煙，裡面傳出呼救的聲音；裹著毛毯的老婦人坐在路旁，嘴裡不知道在嘀咕什麼；男人雙手抱了兩個放聲大哭的小孩，在公園內奔跑找水；地上被燻黑的貓聲嘶力竭地叫著；房屋的瓦片溢向車道，摔得粉碎。腳下到處都是磚瓦，根本無法奔跑，只能踩碎這些瓦片繼續趕路。

聲音漸漸回來了。耳朵捕捉到喘息聲、心跳聲。不知道是這個城市開始發出聲音，還是我的聽覺恢復了。

眼前出現了一個像是巨大箱子的東西，擋住了去路。走近一看，原來是五層樓的房子在一樓折斷，倒在路上。各個房間溢出來的衣服、被子、洗衣機和冷氣都散在路上，簡直就像把生活吐了出來。一樓土木工程行的招牌掉落，刺進了裂開的水泥縫隙。上下顛倒的招牌簡直就像異國的象形文字。

公寓旁的小巷內擠滿了人，因為光線昏暗，所以看不太清楚，但隱約可以看到有人被拉了出來。不知道是否已經死了，紅色毛毯蓋住了整個頭。

我忍不住想像在激烈搖晃時，我縮在被子裡被壓扁死去的身影。「看吧，我早就說了。」爸爸低頭看著我的屍體這麼說。媽媽在一旁流著淚，不停地說「太可憐了」。

啊，這個世界上到底有誰愛我？爸爸？媽媽？還是淺葉？我死的時候，會有人看著我的屍體，發自內心地為我流淚嗎？

一個身穿睡衣的中年女人走過我面前。

她的手上握著狗繩，牽著柴犬走在裂開的路上。我愣了一下子，才終於理解是怎麼一回事。我目送著女人在黑煙中離去的背影，發現她在「帶狗散步」。我覺得這個行為太瘋狂了，但即使在這種時候，人類仍然努力活下去。也許我去找淺葉，也和她的行為大同小異。心靈向身體發出指示，日常生活仍然繼續。

我喘著氣繼續趕路。應該已經走了一個小時。不知道淺葉是否平安無事。我看到了河邊的網球場。很快就可以見到淺葉。只要越過這裡，就可以看到他的學校。

雖然腳不時被裂開的道路絆到，但我還是加快了腳步。

朝陽從灰色的天空升起，漆黑的煙遮住了陽光。地平線被染成了紅色，整個城市、所有的人和天空都在燃燒。

高速公路巨大的高架道路倒在眼前。

水泥道路就這樣橫在眼前，彷彿巨大的鯨魚被沖上海灘。差不多五百公尺？還是一公里？粗大的鋼筋支柱從根部折斷了。

傾斜的道路角落有十輛左右貨車，都從道路上滑落，撞在行道樹上。很多橘子從最後一輛貨車的車斗上掉落，散落了一地。翻起的道路後方有一座教堂，破碎鑲嵌玻璃上的黑色十字架歪斜地守護著這個世界。

時間彷彿停止。宛如科幻小說中一切都靜止的虛構世界，只有我獨自走在其中。

淺葉的大學就在眼前。再走幾分鐘就是校門，很快就可以見到他，但是我無法繼續往前走。我喘著氣，站在原地。摔爛的橘子發出酸酸甜甜的味道飄了過來，飄進我的鼻子。

當我回過神，發現自己在瓦礫堆中大喊。

起初我不知道自己在喊什麼，只是一次又一次，聲嘶力竭地重複相同的字眼。最後我終於發現我在叫兒子的名字。我要回去，我要回去泉的身邊。喉嚨沙啞，忍不住咳嗽起來，溫熱的淚水順著臉頰滑了下來。

泉……泉……泉！

我在黑煙籠罩的天空下，我在瓦礫的正中央聲聲呼喚著這個名字。

11

裝在塑膠湯匙的黃色布丁送到嘴邊。百合子向來喜歡卡士達醬，所以愛吃泡芙和布丁。她不喜歡加了鮮奶油的高級貨，而是喜歡有雞蛋味的純樸味道。

海濱之家的門口蟬聲如雨，狗吐出長長的舌頭，肚子不停地起伏，似乎在告訴人類天氣有多熱。烈日將室內和戶外明顯分成黑色和白色兩個不同的世界。

百合子就像等待餵食的雛鳥一樣張著嘴，泉把湯匙放進她嘴裡，她立刻一口就吞了下去。

「好吃嗎？」

泉問她。

「好吃。」

百合子輕輕點頭，露出了微笑。泉看著她像小孩子般的笑容，不由得覺得她和自己的確是母子。「泉，真的很好吃。」泉用毛巾為重複這句話的百合子擦了擦嘴角，覺得自己小時候，母親也一定這樣對待自己，現在只是角色互換而已。

百合子突然嗆到了，香織在一旁遞上裝了麥茶的杯子。她的肚子已經很大，看起來就像洋裝內藏了一顆籃球。婦產科的醫生說，月底就會生。她說等生完孩子後，暫時無法來看百合子，所以今天和泉一起造訪了「海濱之家」。

「二階堂太太，謝謝妳，這裡很遠吧？」

百合子喝完麥茶後鞠了一躬說。

「媽，她是香織。」

「對、對，是美久。一陣子不見，妳長這麼大了，現在會彈〈夢幻曲〉了嗎？」

「她是香織，是我的太太。」

「是嗎？泉，太好了，你找到一個好太太。」

母親說著，握住了香織的手。她今天難得很健談。「你們一起來看我，我真是太高興了。美久，妳知道嗎？泉只要肚子一餓，心情就很不好，真是很傷腦筋。」

「我真的為這件事很傷腦筋，媽媽，妳都怎麼做？」

香織故意配合她說話，百合子開心地說：

「就先找點東西給他吃，不管吃什麼都沒關係。我在吃飯之前，都會先給他吃香蕉。」

「這樣啊，那我以後會在家裡隨時準備香蕉。」

婆媳兩人相視而笑。「真的很謝謝妳來看我。」百合子說話時，眼淚從眼眶中流了下來。聽說母親這一陣子幾乎每天都流眼淚。

「海濱之家」的其他入住者都一起坐在旁邊的桌子周圍，把放在籃子裡的甜豌豆蒂頭剝掉後，放進銀色的盆內。她們興致勃勃地聊著喜歡的歌手和年輕溜冰選手，簡直就像感情很好的高中生就這樣變老了。她們在剝甜豌豆的動作很正確，把一個又一個鮮豔綠色的甜豌豆放進盆子內。泉想起以前曾經聽說，有關步驟的記憶不會輕易忘記。泉看著那些老太太，把布丁一口一口放在百合子的舌頭上。

這幾個星期，百合子的症狀似乎進一步惡化了。

「因為你母親還年輕，所以也許惡化會比較快。」定期來診查的主治醫生說，「但她的身體還很健康，所以儘可能多陪她聊天。」

泉在那天之後，每個星期都會來「海濱之家」陪母親聊天，但百合子搬來這裡之後越來越少說話。當三餐的選擇和行動的順序，只需要針對別人的問話回答「好」或是「不好」，就可以靠有限的話語生活。雖然泉覺得母親好像越離越遠，內心有點寂寞，但百合子看起來在放棄語言後，從思考中獲得了解放。

諷刺的是，在彼此無法溝通之後，他和母親之間的聊天更順暢。之前曾經對和母親交談感到窒息，現在可以一直聊下去。

「媽，我們的孩子這個月就要生了。妳覺得會像我還是像香織？」

星期天吃完午餐後，泉問昏昏欲睡的母親。

「嗯，是啊。」母親既像在回答，又像在說夢話。

「我……像爸爸嗎？因為我完全不像妳。」
從來沒有人說泉和母親很像。他以前曾經在鏡子中自己的臉上尋找父親的影子。他對著微微睜開眼的母親問了這個像在自言自語的問題，問了這個很希望自己在成為人父之前問的問題。
「我爸爸是怎樣的人？妳告訴我嘛。他很帥嗎？他很有錢嗎？是因為他是個渣男，所以你們分手了？還是有什麼特殊的原因？」
妳曾經喜歡那個人嗎？妳有讓妳念念不忘的人嗎？他在問這些問題之前閉了嘴。因為絕對不能讓母親知道，自己看了那本日記。
「我真的很愛你。」
百合子用恍惚的語氣回答了泉並沒有問出口的問題。百合子說的「你」是誰？是泉的父親，還是淺葉？還是泉不知道的某個人？隨著漸漸失去愛的記憶，最後是誰浮現在她的心頭？
「我……有辦法成為父親嗎？」
他脫口說出了一直藏在內心深處的話。
泉從有記憶以來，到今天為止，就從來不曾有過父親，沒有可以嚮往、依賴，害怕和憎恨的父親。他和母親兩個人填補了這個空缺，但父親到底是什麼？自己正準備成為這個不知道是怎麼回事的角色。

自己的父親是怎樣的人?是拋棄妻子和兒子逃走的男人嗎?如果是這樣,自己是否也會做同樣的事?他試圖向母親尋求答案,但百合子再度陷入昏沉。

「百合子阿姨,布丁看起來真好吃。」

院長觀月走了過來,探頭看著百合子的臉。泉看到母親笑得更開心,再度體會到送她來「海濱之家」是正確的決定。觀月堅毅、像溫暖的太陽般的性格,正是「海濱之家」的特色。

「今天泉先生也在,要不要彈鋼琴?」

「我媽在這裡彈鋼琴嗎?」

泉問。觀月回答說,「海濱之家」下個月要舉辦音樂祭,百合子打算在音樂祭上彈鋼琴。

泉對母親再度開始彈鋼琴感到驚訝,一時說不出話。香織擦著額頭的汗水說:「真是太棒了。」這裡對孕婦來說似乎太熱了。下個月的時候,孩子已經出生了,到時候帶孩子一起來就好。

年輕職員牽著百合子來到鋼琴前,彎下腰,為百合子調整椅子的高度。這個年輕人有一頭天然鬈髮，皮膚黝黑，肌肉飽滿，說話時有獨特的口音。泉問他是哪裡人，他說是從奄美大島來這裡。雖然他的個性少根筋，但他的笑容像小孩子一樣，而且很勤快。母親很喜歡這個名叫俊介的年輕人，曾經開心地告訴泉說，俊介的三線琴彈得很好。

「我媽最近的身體怎麼樣？」

泉問在一旁看著百合子背影的觀月。

母親上個月感冒發燒了。

「她已經完全康復了，精神方面也很穩定，現在也不會有遊走行為了。話說回來，在我們這裡，很少有人離家出走。」

「你們的門窗都沒有鎖，但也沒有人離開。」

白天的時候，「海濱之家」的門窗都不會鎖，只是靠門檻、階梯，和室內的裝飾，讓住在這裡的人知道這裡是他們生活的地方。

牆上貼了許多之前來這裡玩的小學生和入住者一起畫的畫，觀月經常說，大人和小孩，健康的人和病人，還有動物，甚至是機器人生活在一起最理想。

「雖然我們只是努力創造人類居住起來舒服的環境。」

「即使這樣，這裡也沒有人走失嗎？」

「偶爾也會有。」觀月的女兒不知道什麼時候來到身後，代替她的母親回答。

「這種時候，大家就會一起去找人。幸好這裡很小，而且附近的居民也都很配合，馬上就會通知我們說，『人在這裡喔』、『走去那裡了』，感覺就像是整個小鎮都是我們的監視器，所以真的幫了很大的忙。」

香織摸著隆起的肚子說：

「媽媽來這裡之後，臉上的表情也變得開朗了，但是……」

香織的聲音變得不安。她的雙眼看著變得很瘦的百合子後背。母親在俊介的攙扶下，戰戰兢兢地確認著琴鍵，直立式鋼琴發出無力的、零碎的聲音，和以前母親雙手有力地彈奏平台鋼琴時的身影判若兩人。

「看到她身體健康當然很高興，但她的記憶在慢慢消失。她已經完全忘了我太太，也經常不知道她在說什麼。這種時候，順著她說話感覺就像在騙人，所以很痛苦。」

「你覺得順著她說話很痛苦嗎？」

觀月問，泉看著百合子的方向回答：

「我覺得好像把她當傻瓜，或者說像在欺騙小孩子。」

「我並不這麼認為。」

聽到觀月用意志強烈的聲音回答，泉忍不住感到驚訝，轉頭一看，發現觀月一雙黑色眼眸看著自己。百合子開始演奏，她演奏的是古諾的〈聖母頌〉，好像在摸索記憶般緩緩地找到正確的琴鍵彈奏，不斷重複神聖的旋律。泉想起百合子以前曾經說，彈奏這首樂曲時，就像是有一位嚴格的老師注視著自己的指尖。

「我女兒年幼的時候，我經常順著她說話。」觀月將視線移回百合子的背影，「從微小的發現，到不著邊際的意見，有時候甚至會有一些天馬行空的幻想，但讓我感到樂趣無窮，好像拓展了自己的世界。我相信百合子阿姨以前也這麼對你，更何況只生活在自己能夠想像的世界，不會感到窒息嗎？」

百合子開始彈奏鋼琴後，一個身穿白色蠶絲襯衫、皇家藍色裙子的老婦人走到鋼琴旁突然開始唱歌。她完全不在意鋼琴的節奏，唱起了令人懷念的歌。忘了多久之前，在姊姊的背上看到了夕陽餘暉中的紅蜻蜓。

老婦人用像歌劇歌手般帶著顫音的歌聲唱著〈紅蜻蜓〉。雖然鋼琴的旋律和歌聲牛頭不對馬嘴，但百合子的演奏充滿激昂，似乎在襯托老婦人的歌聲。雖然百合子的琴聲不時卡住，但纖細的手指按下琴鍵，身為鋼琴師的習慣似乎隨著琴聲甦醒。老婦人張大眼睛持續唱歌。摘下山上的桑椹放進小籃子的情況，莫非是夢幻？

〈聖母頌〉和〈紅蜻蜓〉就像是音部混淆的和弦結束之後，穿著皇家藍色裙子的老婦人快步走了過來，露出了「我找到你了」的銳利眼神看著泉。泉停下正在鼓掌的手，看著老婦人的眼睛。

「你現在幸福嗎？」

突如其來的問題令泉感到困惑，但還是小聲回答：「是。」

「掌握更大幸福的機會就在你眼前，這個世界即將結束。上帝會挑選子民，帶他們前往應許之地。那裡沒有悔恨，沒有痛苦，也沒有悲傷，只有永遠的幸福。來吧，與我們同行。」

泉感到困惑，百合子在她身後對他說：

「泉，我告訴你，峰岸太太每次都最先吃草莓，我覺得很羨慕，很希望能夠和她一樣。」

峰岸轉頭看向百合子問：

「妳現在幸福嗎？」

百合子對峰岸露出微笑說：

「對，我很幸福，我在這裡看船，現在是我最幸福的時光。」

「妳的內在很美，我很清楚。妳在應許之地，可以得到永無止境的幸福。」

「有人來闖空門，偷了相簿和錦旗，回憶都被偷走了。」

「和我們一起創造新世界，上帝一定會選中妳。」

「泉最愛吃牛肉洋蔥燴飯，我馬上去做，漂亮的彈珠才不會被拿走，你們坐著等一下。」

「趕快悔改，上帝會原諒所有的過錯和罪行。上帝很偉大，也很寬容。」

峰岸和百合子完全是雞同鴨講，兩個人都只是在說自己的事，但她們相互點著頭持續對話。

「峰岸太太沒有家人來看她，」觀月的女兒說，似乎在補充泉正在思考的事，「她持續投入宗教，後來離了婚。原本和她一起信教的女兒也在高中畢業後退出了。她來這裡時說，她一直都是一個人住，也許她的世界只有上帝。」

真的是這樣嗎？泉忍不住思考。總覺得她只剩下信仰的殘骸而已，還是說，即使記憶消失，她的信仰也會以不同的形態持續留在她心中嗎？

入住者、職員，還有包括泉和香織在內的所有人一起做了晚餐，然後一起坐在長長的木桌周圍一起吃晚餐。

味噌煮鯖魚、大豆羊栖菜，加了在附近農田採的番茄做的沙拉，以及加了甜豌豆的味噌湯。吃完晚餐時已經八點多，蟬聲也安靜下來。坐在旁邊的香織忍著呵欠。即將分娩的孕婦晚上都很早睡覺。

「媽，我最近來安排休假，到時候我們出去走一走。」

臨走時，百合子一如往常地露出寂寞的表情，有時候甚至會懇求他不要走，要他留下來住一晚。那次之後，泉每次離開之前，都會和她約定下一次見面。

「百合子阿姨，妳的身體狀況很不錯，就和泉先生出去走走。」

觀月握著母親的手臂，面帶笑容地說。觀月到了晚上仍然維持一貫的開朗，泉不由得佩服她無窮的體力和貼心。

「煙火……」

百合子不知道是不是彈鋼琴累了，帶著睡意小聲嘀咕。

「煙火？好啊，那我們去看煙火。」

泉立刻回答，然後發現百合子還沒有說完。

「一半的煙火。」

「一半？什麼意思？」

百合子似乎絞盡腦汁想要回答泉的問題，但可能找不到適合的詞彙，只是一直重複「一半的煙火」這幾個字。計程車輾過碎石子駛來，打斷了他們的對話。

「媽，那我來查一下煙火大會。」

泉說完這句話，正準備坐上計程車，百合子顫顫巍巍走過來，緊緊抱住了他。

「我愛你。」

泉聽到了微微顫抖的聲音。那是只有泉才能聽到的聲音，似乎不想被別人聽到。泉覺得百合子緊緊抱著自己的手臂並不是母親的手。

香織在計程車上看著這一幕。泉害羞地推開母親的手坐上了計程車。

泉坐在沿著黑暗的大海行駛的計程車上，回想起母親剛才緊緊抱住自己時的氣味。那是像花一樣甘甜，又帶著像草一樣苦澀的氣味。你的氣味和媽媽一樣。他想起小時候媽媽在被子裡抱著自己時說的話。

香織在電車上一直睡覺，一回到家，就說完全清醒了，在餐桌前打開電腦開始工作。她打開電子郵件信箱，發現有十幾封必須要回的郵件，忍不住慘叫起來。

「對孕婦來說，這樣的工作量太大了。」

泉雖然很擔心香織的身體，但還是開著玩笑說。因為她堅持要工作到最後一刻，而且泉也知道她靠工作轉換心情。

「話是沒錯啦，但這是我當初決定的工作，所以必須處理好這次的工作再請產假。」

她之前邀約的德國交響樂團將在下下個月舉辦音樂會，配合交響樂團訪問日本推出的專輯錄音工作、海報和廣告單的製作工作都進入了最後的階段。泉不禁想起真希之前說，香織在育兒時，可能也會像在工作上一樣執著。

「妳挺著這麼大的肚子去開會，大家應該都被妳嚇到了吧？」

泉打開家中常備的沛綠雅氣泡礦泉水，倒進加了冰塊的杯子裡，把其中一杯放在電腦旁。「謝謝。」香織面帶微笑對他說。

「如果他們可以實話實說，叫我挺這麼大的肚子就別來了，我心情還會比較輕鬆，而且他們也會幫很多忙，但現在聽說隨便亂關心可能會被視為性騷擾。」

「真麻煩啊，真希望可以決定到底怎麼做才是正確的規範。」

「雖然不能叫孕婦賣力工作，但如果叫孕婦不要工作，就變成性騷擾。說到底，還是取決於孕婦自身的感受。」

香織在說話時，手指在鍵盤上快速打字。一眨眼的工夫，就已經回完一半的電子郵件。

「我猜想我媽應該一直工作到生我之前。因為她是單親媽媽，和她的父母也很疏遠。聽說她自己去婦產科住院，把我生了下來。」

這不是百合子親口說的，而是那本日記上寫了分娩當天的事。

「我猜你媽當時一定很不安。」

「現在想起來，她當時真的很辛苦。在生下我之後，也必須一個人養家，還要做家事。」

香織點著頭，突然想起什麼似地抬起了頭，沛綠雅在杯子中發出聲音。

「對了，你媽也沒喝味噌湯。」

剛才一起吃晚餐時，只有泉和百合子兩人沒有喝味噌湯。雖然泉很快就收走，不希望別人看到，但香織還是發現了。

和母親最後一次吃味噌湯的日子，從一大早就下著春雪。母親像往常一樣做早餐，然後留下一句「我出門一下」，就離家出走，沒有再回來。

泉獨自在家等了母親五天，雖然不時有上鋼琴課的學生上門，但泉不知道該說什麼，只好假裝自己不在家。冰箱和冷凍庫裡的食物全都吃完了，在百合子留下的少許現金也用完的那天早上，他打開了母親留在桌上的記事本，撥打了外婆的電話。

外婆得知女兒丟下兒子離家出走，震驚得說不出話，只說傍晚會去，叫泉在家裡等她，就掛上了電話。在外婆到家的幾個小時內，泉把和百合子的照片全都丟進了垃圾桶。貼在冰箱上的、放在相框內的和收在相簿內的照片，他全都拿起來丟掉了。

外婆每週來家裡兩次，但經常嘆氣，似乎覺得自己被捲入了麻煩事。

外婆看起來像是基於義務照顧泉，泉對此感到很對不起外婆，覺得當初決定獨立撫養兒子長大成人，最後卻放棄的母親很羞恥。外婆對女兒應該也有同感，所以泉和外婆是靠羞恥連結在一起。

一年之後，百合子若無其事地回到了家，然後在廚房煮飯。

那一天，泉聞到味噌湯的味道醒了過來。母親站在廚房，攪動著冒著熱氣的鍋子。外婆好像癱軟似地坐在沙發上，茫然地看著電視播放的晨間新聞。她看起來不像是生氣，反而似乎鬆了一口氣。

泉既沒有對母親回家感到高興，也沒有對她之前離家感到憤怒，只是驚訝不已，只說了一句：「早安。」也許該說「妳回來了」才正確，但泉當時說的是「早安」。

只要像電影剪輯一樣剪掉一年後再連起來，就可以無縫接軌，看起來像是同一幕。泉和百合子接受了這種剪輯手法，兩個人之間產生了默契，當作那一年不曾存在。

他們從來不聊這件事。一切都沒有改變，重拾了母子相依為命的生活。唯有一個例外，那一天，泉沒有喝味噌湯，百合子也沒有拿起喝。那天之後，母子兩人都不再喝味噌湯。

在母親的家裡發現日記之後，他拿去公司，放在抽屜中很久。他不願面對隱藏在接縫內的一切，經常在工作的空檔把兩本日記簿拿出來，打量黑色封面。

1994和1995。他發現自己一直期待母親有朝一日，會告訴自己那一年的事，同時也發現已經無法從失智症的母親口中瞭解這些事。

他在空無一人的深夜辦公室內一口氣看完了日記。只看一次難以理解，連續看了好幾次。母親生活的城市、小房間，吃的蛋包飯、飼養的金魚，名叫Y的朋友和姓淺葉的男人。他的腦海中清晰地浮現百合子想要拋棄自己活下去的那一年的情景，連同震災那天發生的事。

母親回到泉的身邊之後，把所有的時間和身心都奉獻給兒子。她似乎沒有再談戀愛，意志堅定地決定和泉兩個人相依為命。泉從日記中瞭解了百合子那種熾烈決心的源流。也許母親決定用一輩子為那一年贖罪。

「泉，找到了！」

坐在對面的香織叫了一聲，向他招了手。他走過去看了電腦螢幕，發現她可能已經回完了電子郵件，螢幕上是搜尋引擎的搜尋結果。

搜尋欄內是「一半的煙火」這幾個字。

他看到了打在湖面上的煙火照片。半圓形的煙火在水中產生了倒影，形成了整個圓。上半部分是現實的光，下半部分是湖面上的虛像。

「真漂亮……」

泉忍不住說道。

「諏訪湖祭湖上煙火大會。」

香織唸了出來。

12

「泉哥，現在時間方便嗎？」

週一的固定會議結束後，後輩永井叫住了他。

「可以啊，要不要就在這裡聊？」

泉原本打算繼續留在會議室，但一看門外，看到四、五個同事拿著筆電等在門外。

「看來不行，外面塞車了。」

「真希望趕快解決這個問題。」

泉嘆著氣，來到走廊上。這公司會議室不足的問題很嚴重，經常必須根據會議室有空的時段來安排會議時間。

「但這不是好事嗎？」

「為什麼？」

「聽說報社最近很少開會，會議室內都空蕩蕩。」

「看來我們比上不足，比下有餘。」

「沒錯，沒錯。」永井從寬鬆的連帽衫口袋裡拿出手機滑了起來。

「但是這樣很不妙啊，竟然不是以人的時間，而是以會議室的日程為優先。」

走廊深處的門打開了，一個黑髮少年從教室走了出來。不知道是不是在練習發聲技巧，黑髮少年滿頭大汗，脖子上綁著毛巾。他是哪家唱片公司培養的新人嗎？雖然個子不高，但鬈曲的劉海之間露出一雙銳利的眼睛。

「要不要去咖啡店？」泉問。

「不用了，在這裡就好。」永井在走廊上的紅色沙發上坐了下來，一坐下來，立刻一臉賊笑，壓低了聲音說：

「對了，泉哥，你知道田名部的事嗎？」

「她和大澤部長分手了嗎？」

「不，沒有分手啦，但田名部好像劈腿，和其他人在交往，而且還是公司內的人。」

「又吃窩邊草？大澤部長知道嗎？」

黑髮少年從眼前走過去，走進了廁所。泉看到他的側臉，發現他是上個月大張旗鼓地在主流樂壇出道的創作型歌手。赤裸裸寫著割腕等自戕癖的歌詞引領了話題，在澀谷車站前的露天現場演唱會聚集了超過一千名觀眾，迅速走紅。

「我想大澤部長應該不知情，他不是一看就知道是醋罈子嗎？」

「田名部真是膽大包天啊……」

「話說回來，魚和熊掌都要才符合田名部的個性，從某種意義上來說，反而令人產生好感。不過泉哥，你還是這麼後知後覺。」

永井看著手機螢幕笑了起來。泉為自己的遲鈍感到無地自容，同時也驚訝他的消息靈通。他到底從哪裡得知這些消息？

「泉哥，你媽的身體還好嗎？」

泉發現永井那對內雙的眼睛目不轉睛地看著自己，從他的表情中無法瞭解這是他進入真正話題之前的暖場，還是他真的有興趣。

「還不錯，很慶幸安排她住進了一家理想的安養院，但失智症本身惡化了，她已經忘了香織，有時候也認不出我了。」

「是不是會覺得她越活越小了？」

和百合子說話時，的確會覺得她用字遣詞和舉手投足都變年輕了。也許她的記憶在倒轉。

「上次去安養院看她，臨走的時候，她突然用力抱住我。」

「是喔，你會不會覺得很害羞？」

「對啊，也許她誤把我當成其他人了，讓我覺得原來我媽也曾經是一個女人。」他想起母親坐在長椅上的身影，看著白色的船，等待淺葉，「雖然我無法想像自己的母親談戀愛，但她搞不好是一個讓人很有壓力的女人。」

「我懂，我奶奶也差不多。」

在永井開口說話的同時，黑髮少年從廁所走了出來。他捲起襯衫的袖子，露出兩條手臂。雖然他的歌中唱到自戕癖，但他白淨的手臂上完全沒有任何傷痕。

「我奶奶明知道她的兒女會為遺產繼承問題吵翻天，但還是不寫遺囑。在她的失智症還沒有很嚴重之前，稅理士和律師都再三勸她立遺囑，但她直到最後都沒寫。我爸和叔叔都很驚訝她為什麼堅持不寫，但我能猜到其中的原因。」

黑髮少年白皙的手臂讓我想起了ＫＯＥ，想起了在飯店內俯視澀谷街頭的房間內，說已經忘了音樂的她。

「我覺得奶奶是想藉由不寫遺囑吸引兒女的愛，只要不寫遺囑，幾個兒子就會爭先恐後去探視她，常常上門問她，媽，妳身體好嗎？有需要什麼嗎？要不要我帶妳出門走走？所以她覺得不能讓這件事就這樣結束，但最後奶奶失智，我爸他們幾個兄弟為遺產的事大吵特吵，鬧得天翻地覆。因為大家都想拿回自己當初付出的關心。」

泉在上個星期得知，ＫＯＥ去了其他唱片公司。她之前對自己的文字那麼執著，現在卻說唱別人寫的歌詞也無妨。

「要怎樣創造人？」

耳邊似乎可以聽到ＫＯＥ宛如囁嚅般的聲音。

泉很關心她的近況，在網路上搜尋，在某個藝文網站發現了她和一位當紅人工智慧工程師的對談內容。

認為「研發人工智慧，就是創造人」的人工智慧工程師，回答了ＫＯＥ的問題。

「所以，你的意思是說，人不是由肉體，而是由記憶構成的嗎？」

ＫＯＥ熱切希望和這位人工智慧工程師對談，所以在對談時看起來雙眼發亮。

「沒錯，所以如果我出了車禍，身體全都被機器取代，但記憶還在，我仍然是我；但即使身體還在，如果記憶消失了，那就不再是我。」

她曾經說，想不起以前是怎麼寫歌詞，想不起要用怎樣的心情唱歌。所以她已經不再是「ＫＯＥ」了嗎？泉想起了在澀谷的飯店，她用迷濛的雙眼看著夜景的樣子。

「如果要賦予人工智慧個性或是才能，只要消除某種記憶就好。比方說，紅色的記憶、大海的記憶、愛的記憶。」

她用這句話總結了整場對談。

也許每個人的個性源自於缺乏。沒有紅色記憶的畫家筆下的畫，失去愛的記憶的小說家編織的故事一定充滿魅力。ＫＯＥ失去了音樂的記憶，又得到了什麼呢？

泉很想和她見面，當面問她這個問題。

「你真的打算辭職嗎？」
泉在無意識中脫口問道。
「泉哥，對不起。」
永井把手機放進口袋裡，低著頭回答。
「你上次不是還說會努力工作嗎？」
「我已經決定了，今天想要好好向你報告這件事。」
「……這麼重要的事，可以在走廊的沙發上談嗎？」
泉苦笑著說。
「也不至於要在會議室嚴肅討論。」
永井也笑著說。
泉在前天從大澤部長口中得知永井打算離職。雖然辭職的理由是「另有生涯規劃」這種陳腔濫調，但泉難以接受，因為永井的工作才剛漸入佳境。
「泉哥，你真的什麼都不記得。」永井似乎看穿了泉的心思，笑著說：「我剛進公司的時候不是就說過，我想從事影像方面的工作嗎？」
泉努力回想，永井好像有說過這種話。他有時候會說，比起音樂，他更喜歡電影，但泉之前一直以為只是一種諷刺，並沒有當真。

「電影公司的人很喜歡『音樂樂團』的ＭＶ，聽說目前很缺電影製片。」

「我們公司也有拍動畫和低成本的電影。」

「我知道，但我想去挑戰一下我鄉下的父母也能夠看到的那種會在影城上映的電影，我想讓自己的名字出現在這種電影的片尾。雖然聽起來很蠢，但總覺得這樣就不會被遺忘了。」

泉回過神時，發現走廊上已經不見黑髮少年的身影。教室內傳來熱鬧的吉他聲和鼓聲。這應該是他下一次要推出的歌曲，但泉總覺得那種開朗的感覺和他格格不入。

「我瞭解了……我會和大澤部長討論交接的事……」

「拜託了。」永井拿下帽簷筆直的帽子鞠了一躬，「我覺得他也不會失望，因為他本來就不喜歡我。」

「沒這回事，我記得你剛來時就曾經告訴你，當初把你找來這個部門的不是我，而是大澤部長。」

永井聽了泉的話，眼神飄忽了一下。是這樣嗎……我完全忘了這件事。他輕聲嘀咕後，戴上了帽子，壓得很低，遮住了眼睛。

去婦產科產檢回來的路上，泉和香織一起去了乳幼兒用品專賣店。

香織即將臨盆，身體似乎變得很沉重。泉說他買完東西就回家，但香織說她想散步。

紙尿布、加厚溼紙巾、塑膠圍兜兜、餵斷奶食用的湯匙。即使覺得各種東西差不多都買齊了，但看了貨架之後，就發現很多東西都忘了買。他和香織邊討論，邊仔細確認，陸續為分娩做準備。在店內逛了一圈後看向購物籃內，想起了之前為母親買照護用品的事。

不知道是否因為週六的關係，收銀台前大排長龍。仔細一想，就發現這裡是特殊的人聚集的地方。不是即將有孩子出生，就是家有幼兒的人聚集的空間。有許多夫妻一起前來，店內洋溢著歡樂的氣氛。

「其實……我懷孕的時候並不高興。」

泉沒有立刻意識到這是雙手拎著紙尿布，站在自己身旁的香織在說話。

「我很擔心沒辦法繼續工作，以後也不能喝酒，也會有好幾年沒辦法出國旅行。」

「媽媽！」這時，聽到一個很輕的叫聲。一個才一、兩歲，走起路來搖搖晃晃的女孩在泉和香織左側的玩具區走來走去。粉紅色的拖鞋發出啾啾啾的聲音。

「我很不想請假，我努力了這麼多年，累積了成就和人際關係，好不容易開始感受工作的樂趣，很擔心在我請產假期間被人搶走。男人不會失去任何東西，所以我也曾經恨你，覺得你太狡猾了，但你聽到我懷孕時，應該也不覺得高興，對嗎？」

泉被香織說中，說不出話。他想起香織告訴他懷孕時，自己只是感到茫然。既沒有喜悅，也沒有感受到希望，只是沒有真實感，好不容易才擠出「太好了」這三個字。「你這是什麼反應？好像事不關己。」香織當時揚起嘴角笑了起來。

「你的反應讓我感到安心，覺得我們可以一起成為父母。雖然你自以為掩飾得很好，但其實從你的表情，就可以知道你在想什麼，所以不需要懷疑猜測。我向來不知道我的父母在想什麼，整天都對他們察顏觀色，我渴望這種安心。」

香織看著隊伍的前方。她的視線所注視的收銀台，傳來嗶嗶嗶有規律的電子聲。

在婦產科的候診室等待時，泉看著坐在沙發上的男女，很想問每一個人，為什麼想要生孩子？對成為父母感到幸福嗎？

「上次我去問剛生完孩子的真希，因為我想聽她告訴我，在生了孩子之後，因為孩子太可愛，所有的辛苦都會拋在腦後，沒想到她竟然說失去了很多東西，時間、金錢、體力和智商全都被孩子奪走了。」

那個叫「媽媽」的聲音漸漸帶著哭腔，穿著粉紅色拖鞋的女孩流著淚，不停地叫著「媽媽、媽媽」。她的媽媽在這裡嗎？泉四處張望，並沒有看到像是她媽媽的女人。一旁的香織繼續說著話，彷彿並沒有聽到哭聲。

「所以我很失望，覺得果然是這樣。」

「這樣啊……」

「但是她在餵奶的時候，臉上的表情太美了，她整個人好像變成熟了。我在那一刻發現，也許一個人長大，就是失去。」

香織說到這裡，把手上的紙尿布放在地上，跑到那個正在哭泣的女孩身旁。香織戰戰兢兢地摸著女孩的頭，但女孩並沒有停止哭泣。香織一臉不知如何是好的困惑表情注視著女孩後，用力吸了一口氣大叫起來：

「媽媽！妳在哪裡?!妳的孩子走失了！」

但是，女孩的母親並沒有現身。香織向泉招手，把他叫了過去。

「泉，讓她坐在你肩上！」

「啊？我沒經驗。」

「快過來，少廢話！」

泉聽到香織要他讓女孩坐在他的肩上，忍不住困惑起來。以前從來沒有讓別人坐在自己肩上，他也從來沒有坐在別人肩上的經驗，所以只能想像著以前曾經在電視上看到的感覺，把雙手放在女孩的腋下，把她抱了起來，然後把她的雙腳放在自己肩上。雖然女孩看起來很瘦，沒想到很重，坐在泉的肩上重心不穩，身體傾斜了一下。他慌忙抓住女孩像兩根木棒般的腳，才終於讓她坐穩。女孩的腳尖勾住的粉紅色拖鞋在他眼前晃動。

女孩並不知道這是泉有生以來第一次讓別人坐在自己肩上，對突然發生的事感到意外，坐在泉的肩上忘了哭泣。「媽媽！妳在哪裡？」香織的聲音響徹整家店。以前從來沒有聽過香織發出這樣的叫聲，簡直就像是變了一個人。

背後傳來腳步聲。一個把結完帳的塑膠袋放在嬰兒車內的女人跑了過來，從泉的肩上把女孩抱了下來。她把女兒的額頭用力抵著自己的臉頰，一次又一次向泉和香織鞠躬。女孩的粉紅色拖鞋還在繼續晃動。

母親放棄了很多東西、話語和記憶，到底會走去何方？

也許一個人長大，就是失去。

香織的聲音一直在耳邊迴響。

13

穿越商店街，來到大馬路，白色的夕陽映入眼簾。泉牽著母親的手，慢慢地、慢慢地走在變成黑影的人潮中。

身穿紅色、深藍和黃色浴衣的女人踩著木屐，鑽過人群的縫隙跑向前。「真漂亮。」身穿白色浴衣的百合子瞇起眼睛目送她們的背影。

沿著彎曲道路設置的路邊攤準備開始做生意。老闆都大汗淋漓地搭著屋頂，調整桶裝瓦斯，放上鐵板。有些攤位已經準備就緒，也有些攤位連棚架都還沒搭好，每個老闆臉上都充滿興奮的表情。建在湖畔的飯店屋頂設置了觀賞席，也都擠滿了人。

不知道哪裡傳來了鼓聲。仰起頭，看到了好像混合了灰色和水藍色的天空。在那片藍色中，載著照明器材的大吊車看起來伸長了脖子。還沒有開始放煙火，已經有幾名病患被抬進了擠在大吊車之間的救護所帳篷。

門票指示的看台入口就在前方。泉牽著母親的手，一級一級走上樓梯。離開飯店將近二十分鐘，百合子已經有點喘。雖然泉建議推輪椅過來，但百合子說，想和他一起走過來。泉覺得以後很少有機會再和她一起走路，於是就答應了她的要求。

走到樓梯最上方，看到眼前是一個橢圓形的湖。深藍色的波浪靜靜地打向岸邊。放煙火的浮島上有一個鳥居，有一種好像在舉行祭神儀式般的氣氛。觀眾沿著湖擠滿了岸邊，對岸連綿的漆黑山脈俯視著大批觀眾。

泉和母親一起坐在用白色布條圍起來的看台，目不轉睛地看著漸漸從深藍色變成黑色的湖面。七點整，隨著廣播宣布煙火大會開始，紅色的煙火打向高空，爆炸的聲音不絕於耳。

近距離看煙火比想像中更加震撼，泉忍不住和母親一起發出「哇」的叫聲。百合子發現他們兩個人異口同聲叫了起來，開心地轉頭看著泉笑了笑，露出了「我們真有默契」的眼神。

廣播中播放著今年流行的抒情歌曲，心形的煙火連續在天空中綻放。歡呼聲響起的同時，還有掌聲不絕於耳。接著，在知名科幻電影的原聲音樂伴奏下，天空中出現了星星圖案的煙火。飛碟、蝴蝶、蝸牛、四葉幸運草。以前從來沒見過的各種形狀的煙火一個又一個打向天空。周圍的觀眾拿起了筆，每當煙火綻放，就把數字寫在小冊子上。

「阿姨，諏訪湖的煙火是一場比賽。」

坐在旁邊的金髮年輕人把手上的冊子遞給好奇張望的百合子。

「像這樣給每一種煙花打分數。」

金髮年輕人露齒而笑，露出了一口金牙。他的黑色浴衣上繡了龍，上面印滿了看不懂的漢字。坐在他身旁的女友一頭棕色頭髮盤了起來，穿著和他相同的刺繡龍浴衣。

「上一個是茨城縣，這一個是長野，下一個是秋田，再下一個是新潟。還有東京的，全國各地的煙火師都會製作新的煙火來這裡參加比賽。」

在廣播中聽到煙火製作公司名字的同時，別具匠心的煙火就打上天空。多久沒有這樣近距離欣賞煙火了？好厲害、好漂亮，我喜歡剛才那個。每放一個煙火，年輕人的女朋友就大聲歡呼著，記錄分數。金髮年輕人笑她說，妳怎麼每一個都寫一百分？

「阿姨，妳也來評分！明天報紙上就會刊登評審的分數，妳可以和自己的分數比較，很好玩。」年輕人把小冊子和筆遞給百合子，「我們兩個人只要用一份就好。」

「謝謝，」百合子愣了一下，然後對年輕人笑了笑，「但我不用了。」

「為什麼？阿姨，妳不必客氣！來評分嘛！」

金髮年輕人硬是把小冊子塞了過來，泉接過來後打開一看，發現上面列出了每一個煙火的名字。百合子探頭張望，端詳著上面的文字。

「……哪一個煙火好看，什麼顏色、什麼形狀全都忘記了，所以才會覺得煙火很美。」

百合子拿起小冊子還給金髮年輕人。泉以為年輕人會生氣，慌忙鞠躬道歉。「有道理！這句話太深奧了！」年輕人和他的女朋友相互點頭，耳朵上的好幾個耳環也搖晃不停。在他們說話的時候，煙火也不斷打上天空。

這一陣子，母親不再叫「泉」這個名字。雖然知道他是自己的兒子，但似乎忘了名字。百合子甚至失去了曾經叫了幾千、幾萬次的名字。

隨著百合子的話越來越少，她睡覺的時間越來越長。她經常從白天就縮在床上一動也不動，睡眠時間越來越長。泉想起百合子沉睡的臉龐就像在陽光中熟睡的嬰兒。

即使失去了話語，即使忘了泉的名字，和泉之間的記憶還留在百合子的內心嗎？有朝一日，如果除了泉的名字，連泉這個人也忘記，泉能夠在母親內心留下什麼？

二十五名煙火師的煙火新作品發表完畢後，天空籠罩在一片黑暗之中。評完分數的金髮年輕人興奮地說：「今年不太妙喔！」然後把啤酒罐裡的啤酒一飲而盡。百合子雙手緊握著保特瓶裝的茶，緊盯著微波蕩漾的黑色湖面。她一口都沒喝。

「最後是諏訪湖最知名的水上群星璀璨！」

隨著主持人高聲宣布，眼前出現一個閃亮的半圓形。

不一會兒，湖畔響起宛如地鳴般的重低音，觀眾席發出了歡呼聲。半圓形的光像花朵一樣不斷在貼近水面的位置綻放，湖面如鏡，映照著綻放的煙火，實像和虛像連成一體，形成一個巨大的圓形。

「簡直是百花撩亂的高潮！」

泉看著浮在水面上的煙火，想起了家裡那棟小房子內插在花瓶內各式各樣的花。鬱金香、波斯菊、繡球花、向日葵、非洲菊、瑪格麗特、山茶花、玫瑰、油菜花。鮮花在不知不覺中枯萎失去了色彩，只留下美麗的記憶。

母親眼眶中泛著淚光，仰頭看著天空，白色、紅色和黃色的閃光照亮了她白皙的臉龐。泉突然覺得以前曾經在哪裡看過這一幕。到底是什麼時候發生的事？格外重要的景象，絕對不能忘記的話。他努力在記憶中翻找，卻怎麼也想不起來。

他牽著母親的手走在前推後擠的人群中。

「煙火真漂亮。」

泉對她說。

「……我要吃蘋果糖。」

背後傳來像少女般的聲音，泉的手被用力一拉。回頭一看，發現百合子盯著刨冰和釣水球之間的小攤位。攤位的藍色布簾上畫著紅蘋果，保麗龍板上等間隔地插滿了鮮紅色蘋果糖。蘋果的表面裹著麥芽糖，在電燈的燈光下閃閃發亮，看起來像是玻璃工藝品，完全不像是食物。

「……我累了，現在馬上要吃蘋果糖。」

泉看到百合子的嘴巴在動，才發現剛才是她在說話。她說話時像幼兒般的語氣和剛才看煙火時完全不同，讓泉有點不知所措。

「現在人太多了，等一下再說。」

泉說完，牽著百合子的手。他想趕快離開擁擠的人群，走回訂了房間的湖畔飯店。

「我要現在吃。」

百合子停下腳步，即使催她，她也站在原地不動。

「我現在就要吃蘋果糖，我現在就要吃，我現在就要吃。」

百合子像幼兒般鬧情緒，周圍那些身穿浴衣的人紛紛投來訝異的眼神。泉感到無地自容，把嘴湊到母親耳邊勸她說：

「好，那我馬上去買。」但是，要帶著母親穿越擠滿人的馬路走去那個攤位很困難，「我去買，妳坐在這裡等我，絕對不要離開喔。」

泉猶豫了一下，最後讓母親坐在路緣石上，在人潮中擠向那個攤位。他一下子撞到別人的肩膀，一下子手肘又撞到了人，有人發出了咂嘴的聲音。泉有點火大，但想到是自己造成他人的困擾，於是平靜了心情。必須趕快買完蘋果糖，回去百合子身邊。他頻頻回頭看著母親，走向那個攤位。

走到攤位前時，已經滿身大汗。「一個三百圓。」老闆對他說話時，一臉訝異地看著一臉緊張表情的泉。原本想買一個就夠了，但臨時改變了主意，覺得可以陪母親一起吃，於是買了兩個。泉遞了一千圓紙鈔給老闆，接過兩個用竹籤串起的蘋果糖和找零的錢後回頭一看，發現母親不見了。他踮起腳，看著百合子剛才坐的路緣石周圍，仍然不見她的身影。

唉。他聽到自己的嘴裡吐出了無力的聲音。即使再怎麼辛苦，還是應該牽著她一起來攤位，甚至根本不該理會母親的要求，而是直接回飯店。不，在為這種事懊惱之前，必須趕快去找母親。泉激勵著自己，再度鑽進擁擠的人群。

「媽！」他伸長了脖子大叫，但他的叫聲也被吵鬧聲淹沒了。黑暗中，黑漆漆的腦袋就像海浪般起伏不已。母親嬌小的個子應該會被淹沒在茫茫人海中。「媽！把手舉起來！」他明知道百合子不可能聽到回答，但仍然無法不叫出聲音。

幾雙黑色的眼睛看了過來，一臉困擾的表情看著突然大叫的男人。在別人眼中，雙手拿著蘋果糖大叫的男人一定很滑稽。他很想把蘋果糖丟掉，卻又無法這麼做，只能撥開擁擠的人群跑了起來。

他衝進道路旁的每一棟建築。便利商店、KTV、蕎麥麵店和禮品店，都沒有找到母親的身影。

有沒有看到一個個子矮小，身穿白色浴衣，七十歲左右的老婦人？他到處問店員，但所有人都對著他搖頭。也許百合子獨自回了飯店。他衝回飯店，在大廳內奔跑，問了遇到的每一名工作人員，但沒有人看到百合子。

尖銳的警笛聲從飯店後方漸漸傳到前方，隨即看到一輛白色車子駛過眼前的馬路。他有一種不祥的預感，立刻跑向玄關，來不及等自動門完全打開，就從門縫中擠出去後衝出飯店，追著救護車的紅色旋轉燈跑了起來。群眾自動散向兩旁，就像摩西的「十誡」一樣為救護車讓出一條路。

警笛聲在救護所的帳篷前停止，後方的車門打開，抱著擔架的救護員跑進了帳篷。

塑膠帳篷的入口掀了起來，從縫隙中看到一雙纖細的腿躺在床上。媽！他慌忙衝進帳篷，發現躺在床上的是身穿水手服的女高中生。救護員都驚訝地看著泉，泉羞愧地衝出帳篷，漫無目的地在行人漸漸減少的車道上奔跑。

媽，妳在哪裡？我不是叫妳別走開嗎？穿不習慣的木屐在腳下發出卡答卡答乾澀的聲音。

高中二年級時，泉交了一個年紀比他大的女朋友。對方是在打工時認識的女大學生。

她從四國來到東京，獨自住在相隔兩站的車站附近的公寓。

泉，你好可愛，要不要來我家玩？有一天打工結束後，兩個人一起去吃飯時，對方邀泉去她家。泉在她家第一次喝酒，然後和她上了床。「你今天就住在我家吧。」泉聽了她的話，沒有回家。

隔天中午過後回到家，母親只對他說了句「你回來了」，完全沒有責罵。百合子知道自己沒有資格責罵泉。泉之後就經常住在女友家，常常三、四天都不回家。

在交了女友大約半年左右，他在女友家住了一個星期。「你去了哪裡？」當泉回家時，百合子終於問他，「你和誰在一起？」
泉覺得自己一直在等待這一刻。
「妳好意思問我？」他說出了事先準備的話，「妳沒有權利說這種話。」
母親默默注視著水槽片刻，泉坐在沙發上打開電視後，百合子再度開始洗碗，小聲地說：「是啊。」
隔週，泉就和那個女大學生分手了。

泉聽到尖銳的煞車聲轉過頭，車頭燈逼近眼前。他忍不住伸出雙手，一屁股坐在地上。閃著銀色的保險桿，在逼近指尖的位置停了下來。掉在地上摔破的兩個蘋果糖在車頭燈的照射下發著紅光。「找死啊！」一聲怒罵後，聽到了輪胎擠壓柏油路面的聲音，那輛車快速倒車，以驚人的速度呼嘯而去。他的眼前一片白色，聞到了橡膠焦掉的聲音。泉癱坐在車道上動彈不得。
上個星期，峰岸在「海濱之家」死了。她在閉上眼睛的最後一刻之前，仍然沒有放棄傳教，逢人就說要相信上帝，相信上帝，就可以獲得永生。
「海濱之家」為她舉辦了小型的告別式。院長觀月告訴泉，峰岸目前雖然很孤獨，但以前有一個女兒經常來看她，之後從某個時期開始，就不再來探視。觀月很擔心，於是試著聯絡，得知她女兒發生車禍死了。雖然峰岸當時已經不記得她女兒了，但在她女兒不再來探視後，她似乎比之前更加真摯地開始傳教。

泉看著漸漸遠去的車尾燈想，如果自己現在死了，這個世界上還有誰會談論母親？如果自己死了，這個世界上就沒有人知道她高興的時候會抓鼻頭，沒有人知道她喜歡吃有點焦味的布丁，沒有人知道她愛在花瓶中插一支白色的花。母親一旦在現實中死去，也會同時在記憶中也死亡。這是很悲傷的事，但除了歷史留名的人物以外，每個人都會漸漸被人遺忘。

路邊攤位的燈一盞一盞熄滅，泉在彎曲道路上蛇行奔跑，尋找百合子的身影。隨著燈光慢慢熄滅，湖畔的人影也漸漸減少。泉跑得上氣不接下氣，口乾舌燥，額頭流下的汗水流入了眼角，他忍不住停下腳步，用浴衣的袖子擦著額頭。他可以感受到心臟的瓣膜在胸腔內高速打開、閉合，也感受到腳上的大拇趾根部一陣灼熱。低頭一看，發現木屐帶摩擦導致皮膚被磨破了。他看著滲著血的傷口，突然感受到灼燒般的疼痛。「好痛！」他叫了一聲，甩掉了木屐。

「你每次都很誇張。」

這是母親在他小時候經常說的話。他彷彿聽到背後傳來那個溫柔的聲音，回頭一看，發現百合子站在被數十個攤位包圍的廣場上。撈金魚、打靶、炒麵、棉花糖、釣水球。廣場上的攤位仍然亮著燈，人們就像被誘蛾燈吸引的昆蟲般聚集在那裡。

百合子站在放了五顏六色刨冰糖漿的攤位前，就像在煩惱該選哪一種口味的少女般，輪流看著紅色、綠色、藍色和黃色的糖漿。

「媽！」

泉重新穿上木屐，一瘸一拐地跑了過去。

「你去了哪裡？我找了你很久……」

百合子轉過頭說。她完全沒有流汗，浴衣也很整齊，簡直就像她從剛才就一直站在這裡。「我擔心死了，你每次都會走失。」

「是妳走失了……」

泉好像在嘆氣般說道，劇烈的心跳仍然無法平靜下來，從耳朵內側噗通噗通地震動鼓膜。

「我們去遊樂園的時候，你不是走失了嗎？我上完廁所走出來，你就不見了。我簡直快哭了，覺得怎麼又走失了。因為只要我稍不留神，你就會走失，我每次都拚命找你。但其實我知道，你是希望我去找你。」

百合子拿起泉的手，像情人般十指緊扣。以前是泉走失，現在是母親迷路。此刻才終於證實，原來自己和百合子是一對用這種方式測試彼此內心的愛的母子。

「你還記得嗎？搬家的那一天，行李沒有送到。」

百合子白皙的手指指向草莓糖漿，泉向老闆點了之後，付了三百圓，老闆用手動型的機器開始刨透明的冰塊。像雪一樣的冰花在白色塑膠杯子上堆積。

「是嗎？」

「搬家公司搞錯了，把我們的行李送去其他客人家裡，我們兩個人在空無一物的家裡不知所措。」

中學三年級的夏天搬了家，母親離家一年回來之後，很快就搬了家。那一段時間的記憶很模糊，無法順利回想。

老闆把滿滿的刨冰遞給泉，攤位前放著五彩繽紛的糖漿，糖漿瓶子上都裝了注入口，可以自由選擇不同的口味。泉按了草莓的按鈕，鮮豔的紅色為蓬鬆的白色染上了色彩。

「因為沒有家具，也沒有餐具，所以我們不是去了車站前的蕎麥麵店吃了飯，然後請商店街的蔬果店幫我們切開西瓜，回家一起坐在屋前吃西瓜嗎？」

用布把空蕩蕩的房間擦乾淨後，母子兩人走下昏暗的坡道。母親在蕎麥麵店吃了豆皮蕎麥麵，泉吃了親子丼和一小碗蕎麥麵的套餐，看著電視中播放的棒球比賽實況轉播吃了起來。請蔬果店幫忙把大西瓜切開，看著院子後方像樂高積木般的集合住宅透出的燈光，坐在家門前大快朵頤。隨著母親具體的描述，泉回想起當時的情景。

「媽媽，東西還沒有送來。」

「對不起，今天晚上之前一定會送到……」

「沒關係。」

「西瓜真好吃。」

「嗯，真好吃。」

「泉，對不起，你不得不轉學。」

母親回家之後經常道歉。對不起，總是讓你穿便宜的衣服。對不起，經常給你吃超市的熟菜。對不起，沒辦法帶你去旅行。

「沒關係。」

「不知道能不能在新的學校交到朋友。」

「我原本就沒什麼朋友，所以沒關係。」

身穿白色浴衣的百合子站在原地，吃了一口草莓刨冰。「好冰。」她皺起眉頭，然後用塑膠湯匙又舀了一匙說：「很好吃。」遞到泉的嘴邊。泉含在嘴裡，除了冰冷，草莓糖漿的甜味刺進鼻子。

「……我想看一半的煙火。」

百合子吃第二口刨冰時囁嚅般說道。

「啊？」

泉以為自己聽錯了，把臉湊到百合子嘴邊。

「我想看一半的煙火……」

自己沒有聽錯，百合子重複了相同的話。

「媽，我們不是才剛看完。」

「不是，我想看一半的煙火，不是這個。」

「妳在說什麼啊，就是這個。」

「不是，不是這個。我想和你一起看一半的煙火！」

路邊攤的老闆都露出欣賞突然上演的即興劇般的眼神看了過來。母親似乎已經分不清現實和幻想的界線，就像剛才打在湖面上的煙火。刨冰在母親的手中慢慢溶化，變成了紅色液體。

「媽……拜託妳別胡鬧了。」

「我想看，我想看我想看！一半的、我想看一半的煙火！」

「夠了！」

泉忍不住叫了起來，百合子手上的刨冰杯子掉在地上。冰水四濺，紅色的冰水在母親浴衣上擴散。百合子用顫抖的手抓住泉的手臂，五根手指都很用力，好像要緊緊抓住失去的記憶。

「我找不到……找不到兔娃娃，棕色的，軟軟的，很可愛。不知道掉在哪裡了……那是奶奶買給我的。」

百合子突然變成了小孩子說話的聲音，拉著泉的手臂徘徊起來。她走起路來就像剛學會走路的幼兒般蹣跚，好幾次都差一點跌倒。

「兔娃娃名字叫慕慕，我從剛才就一直在找，但怎麼也找不到。媽媽會罵我。你真好……你還陪我一起找。但是……」

百合子突然沉默不語，看著泉的臉問：

「……你是誰？」

「真是的……媽，是我，我是泉啊。」

泉不敢正視母親的眼睛。他不想面對眼前發生的事，但百合子把臉更加靠了過來。

「誰？你是誰？」

我是誰？到底該怎麼告訴她。我的名字叫葛西泉，是妳的兒子。今年三十八歲，在唱片公司上班，喜歡吃牛肉洋蔥燴飯，也喜歡吃雞蛋料理，不喜歡喝味噌湯。和公司的同事結了婚，孩子即將出生。

這些內容能夠證明自己是誰嗎？

「你是……誰？為什麼在這裡？」

母親一問再問，泉想起了在母親家中發現的備忘便條紙。百合子當時應該不停地自問，自己到底是誰，就像此刻的泉一樣。

母親烏黑的眼眸在路邊攤的燈光下像玻璃珠子般發亮，這片深邃的黑暗到底看到了怎樣的人？

百合子緩緩環顧圍觀的人。泉看到她那雙像幼兒般的眼睛，領悟到母親已經退化到這種程度了。如同對幼兒來說，遇到的所有人都是不認識的人，也不知道對方是誰，對母親來說，所有人也都是陌生人。

14

海豚、海龜、水母、魟魚。整片牆壁都是海洋生物在游泳。

那是上個星期六，「海濱之家」的入住者和小學生一起去附近的水族館寫生的作品。用蠟筆和色鉛筆畫的這些海洋生物都很鮮豔，彷彿置身南國的海洋。

取代峰岸入住的新人性情暴躁，經常對員工大聲咆哮。他原本是設計師，只有在畫畫時心情可以平靜，於是觀月院長決定定期舉辦寫生會。這家安養院的規定基本上都是配合不好相處的人。

午後的陽光照耀著南國的海洋，入住者都聚集在這個房間，圍著鋼琴坐在那裡。百合子緩緩從觀眾之間走了過去，其他人不約而同地為她鼓掌。觀月的女兒和職員俊介分別在兩側攙扶著百合子。母親穿著熨燙過的白色襯衫和深藍色開襟衫，雙眼注視著直立式鋼琴，完全沒有看到泉。她靜靜地坐在鋼琴前的椅子上，手指輕輕撫摸琴鍵，好像在確認觸摸時的感覺。

室內響起了最初的和音。

泉可以感受到「海濱之家」的入住者都屏氣斂息地等待下一個音。站在鋼琴旁的觀月院長好像在祈禱般握著手，注視著母親的側臉。

接著又聽到了一、兩個音，但母親的手指立刻僵硬，旋律停了下來。她又重彈，試了兩、三次，但音都很亂，無法持續下去。不對。百合子搖著頭，似乎在責備自己。

百合子發出了「啊、啊」的聲音，似乎在宣布自己要重彈，然後從頭彈了起來。當她緩緩地、仔細彈出每一個音後，漸漸可以感受到樂曲的樣子。舒曼的《兒時情景》的第七首〈夢幻曲〉，那是在那棟小房子內聽過無數次的旋律。雖然節奏有點不穩定，但鋼琴的聲音漸漸連貫。夢幻的旋律搖動著鼓膜。「你有時候像小孩子一樣」。泉回想起在母親的日記中看到這是克拉拉寫給舒曼的話，忍不住感動不已。

四小節的旋律時而上升，時而下降，旋律變得複雜。她好幾次都彈錯了琴鍵，音樂像雪崩般變了調，不和諧音漸漸擴散。百合子注視著自己的指尖，偏著頭，似乎在掩飾內心的窘迫。她的後背都被汗水溼透了。

「怎麼彈得亂七八糟?!怎麼了?」

一名坐在母親腿上的少年表達了肆無忌憚的感想，可能是入住者的孫子。他的母親慌忙捂住他的嘴，但少年仍然沒有住嘴。百合子調整了坐姿，再次開始演奏。

「她不會彈嗎?彈得不對啊。」少年大聲說話的聲音淹沒了鋼琴聲。

努力專心面對琴鍵的百合子悄然站了起來，雙手捂住了臉。不知道她感到不甘心，還是覺得很丟臉，被汗水溼透的後背微微顫抖。泉看了於心不忍。他很想大叫：「不要再彈了！」但觀月仍然很有信心地注視著母親的側臉。泉想起事先曾經聽觀月說，在音樂祭時，不會提供任何協助，「因為我們想聽百合子阿姨真實的演奏」。

現場一片寂靜，窗外傳來隱約的海浪聲。椅子挪動，發出了低沉的聲音。百合子看向窗戶的方向，她的視線前方是海浪輕拍的寧靜大海。百合子注視著這片深藍色，像人偶一樣一動也不動。

「即使慢慢彈也沒有關係，繼續彈下去，不要停下來。」

那是以前學鋼琴時，母親一再對他說的話。媽，妳慢慢彈也沒關係。泉在心裡一次又一次重複這句話，注視著母親削瘦的側臉。

室內鴉雀無聲，海浪拍打的聲音好像節拍器般維持著一定的節奏。百合子重重地在椅子上坐了下來，似乎擺脫了所有的束縛。她的肩膀配合著海浪的節奏微微搖動。四分之四拍。從小到大，看過母親這樣的背影無數次——在鋼琴前配合著〈夢幻曲〉的節奏搖晃打拍子。

百合子輕輕吸了一口氣，張開雙手的手指壓向琴鍵。和剛才完全不同的響亮聲音在天花板產生了反射，傳入了泉的耳朵。

不要即興發揮或改編，按照樂譜彈。

母親指導那些學生的聲音在耳邊響起。百合子的手指拚命追著琴鍵。彷彿那不是樂譜的記憶，而是她的人生編織出樂曲。一板一眼、循規蹈矩的演奏，但其中蘊含著堅強。

母親的後背瘦了一大圈，正彎著腰面對琴鍵。她用全身面對鋼琴，指尖漸漸俐落地動了起來，宛如船隻下水駛向大海，聲音順暢地連在一起。

啊啊，媽要離開了。

泉忍不住閉上了眼睛。母親漫長的旅程即將結束。他傾聽著百合子演奏的〈夢幻曲〉，清晰地浮現出母親向大海啟程的身影。離別時刻即將到來。他覺得鼻子深處一陣疼痛，用力吸了一口氣。

他聞到了花的香氣。

花香讓他回想起母親以前的身影。

那一天，從神戶回來那天傍晚，母親獨自彈著〈夢幻曲〉，桌上的花瓶內插了一朵百合花，散發出濃郁的芳香。窗外斜斜照進來的橙色陽光灑在她身上，母親好像在做一個漫長的夢，隨著旋律搖晃身體。

香織進入產房，泉獨自在候診室的長椅上等待時，感受到無可救藥的不安。如果她就這樣死了，只剩下自己和孩子，到底該怎麼活下去。他在自己身上找不到母愛，甚至找不到一絲父愛，像自己這樣的人，要怎樣變成父親？

婦產科內似乎同時有好幾名產婦開始分娩，護理師都匆忙地走來走去，只聽到產房的門粗暴地打開和關起的聲音。揚聲器內傳來慵懶的合成器音樂，和眼前這一切很不協調。

泉在預感到日後會和香織結婚的那一天，在那家座無虛席的烤肉店內，香織說想成為KOE的父親，也許自己期待她也可以發揮自己無法瞭解的父愛，但是，忍著陣痛進入產房的香織並沒有掩飾內心的不安。她似乎也在為如何成為母親陷入煩惱和痛苦。

「我認為你媽是在當了媽媽之後摸索如何成為母親。」

在最後一次產檢結束後，香織這麼說。泉眼中的百合子就是母親，完全感受不到動搖和迷惘。但是，當他此刻坐在候診室的長椅上，似乎可以觸摸到百合子當初獨自走進婦產科時，曾經感受到的那種強烈得令她顫抖的不安和孤獨。

不知道過了多久，他跟著護理師走進了產房。在彌漫著熱氣的房間內，護理師正在用熱水為剛出生的嬰兒洗澡。嬰兒全身通紅，握著手、縮著腳，發出還稱不上是哭啼的微弱聲音。香織臉色蒼白，似乎訴說了分娩是一件多麼壯烈的事，但她仍然對泉露出了笑容，終於完成一項重要工作的表情很有她的作風。

護理師將嬰兒擦乾後，用白色毛巾包起後交給了泉。嬰兒身上發出了像嫩草般甜中帶苦的生命氣息。嬰兒的身體很柔軟，有一種好像稍微用力就會捏壞的不安。泉觸碰著嬰兒像小樹枝般的粉紅色手指。

嬰兒緊緊握住了泉的食指，難以想像這麼小的身體竟然有這麼大的力氣，然後大聲哭了起來。聽著他渾身顫抖，好像在宣布自己在這裡活著般的哭聲，泉的身體深處湧起了莫名的感情，淚水忍不住流了出來。他不顧主治醫生和護理師的眼光，完全不顧害臊地嗚咽起來。

他目前還不知道自己內心萌生的感情是不是父愛，但也許終於在自己內心發現了那時候感受到的依靠。

只要仰賴這種感情生活，有朝一日，自己應該可以成為父親。自己一定可以，就像母親當年一樣。

掌聲讓他回過了神。

百合子演奏結束，從椅子上緩緩站了起來。

當百合子回頭時，和他四目交接。

那是好久不見的母親的眼眸，他忍不住叫了一聲「媽」。百合子的嘴唇微微動了一下，他似乎聽到了母親在叫自己「泉」。

但是在熱烈的掌聲中，他無法聽到那個聲音。

沉落在海平線遠方的太陽將大海染成了紫色。

他看著像成熟的葡萄般的紫色，在車站的月台上打電話給香織。

媽媽怎麼樣？嗯，她彈得很成功。她今天彈的是〈夢幻曲〉。媽媽真厲害。嗯，對啊，她不愧是鋼琴師。泉，你今天晚餐怎麼解決？回去可能很晚了，還是在家裡吃吧。我做了洋芋燉肉，要不要吃？好啊，要不要我帶什麼回去？嗯，那你買番茄回來，還有鮮奶。知道了，那我回家之前會繞去超市。啊，優陽哭了，對不起，我先掛電話了。好，我馬上回去。

八月二十七日。葛西泉和香織的兒子出生了。

他比預產期晚三天出生，體重三千四百七十公克，取名叫優陽。

15

那股香氣從隔壁鄰居家的院子飄了過來。

甜甜的花香有點像牛奶，又有點像水果的味道。我站在院子前用力嗅聞著，有一個男孩來到我身旁。他的年紀和我差不多嗎？我覺得以前好像見過他，但又想不起來。是不是很香？男孩有點靦腆地對我說，我猜想他有點怕生。嗯，好香。我回答說。這是什麼花？我問他。男孩用手指指向和爸爸身高差不多高的樹上綻放的橘色花朵說，這是金桂花。他重複了好幾次，擔心我會忘記，而且還說，他的媽媽也喜歡金桂花的味道。我也喜歡。那妳和我媽媽一樣。男孩開心地笑了起來。我正在吃蛋包飯，男孩坐在我的對面，桌上放著含苞待放的鬱金香。這裡應該是男孩的家，但我有一種熟悉的感覺。你的爸爸和媽媽在哪裡？媽媽去上班了，我沒有爸爸。鬱金香轉眼之間就綻放、枯萎，花瓣掉落在桌上。接著又出現了向日葵。向日葵也在一眨眼的工夫就開花、枯萎了。在這個家裡，時間似乎過得特別快。男孩在吃蛋包飯時說，我喜歡吃牛肉洋蔥燴飯，但也喜歡吃黃色的食物。黃色食物是什麼？像是煎蛋捲、香蕉、玉米濃湯、地瓜、蜂蜜蛋糕，還有泡芙裡面的東西。那是卡士達醬，我也很喜歡。妳果然很像我媽媽。妳和我媽媽都喜歡相同的食物，所以一起生活應該也沒問題。但是我要回家了。妳要回去哪裡？我要回去我自己的家。妳家在哪裡？被他這麼一問，我有點答不上來。我的家在哪裡？我現在想不起來。我努力思考回想的方法，忍不住衝了出去。眼前有一條筆直的路，我走在這條永無止境的路上。沒有汽車，也沒有機車；既沒有人影，也沒有聲音和氣味。當我一直往前走，發現有一條很大的鯨魚躺在路中央，圓滾滾的肚子緩緩動了起來。妳要走了嗎？不知道什麼時候坐在鯨魚上的男孩叫住了我。我們一起生活。我很想和男孩一起生活，但我知道我做不到。因為這是剛出生不久的我所做的夢，這是一個很長、很長的夢，彷彿是誰的一輩子。當夢像肥皂泡般消失，我從夢中醒來時，發現自己躺在嬰兒床上。我無法想起剛才做了什麼夢，甚至忘了自己剛才在做夢。我們要離別了嗎？男孩露出難過的表情看著我。我告訴他，也許是離別，也許之後會相遇。

但是，我愛你。

＊

這些灰塵到底是哪裡來的？

從相框、電子鍋、文庫本、花瓶到平台鋼琴，所有的東西都蒙上了薄薄的灰塵。

從廚房到客廳，從臥室到玄關，泉逐一撣去灰塵、擦拭，把所有東西都裝進了紙箱。書架上有無數樂譜。莫札特、蕭邦、貝多芬、舒曼、拉威爾、薩提。母親持續彈奏的無數旋律，和百合子的鋼琴音色一起在腦海中不斷重複。

幾張紀念照、一起去看的電影和音樂會的票根、旅行時買回來釜飯的鍋子、泉送的生日禮物、馬克杯和項鍊。房子失去了主人之後，所有的一切都似乎褪了色，只有在記憶中依然鮮豔。

百合子在「海濱之家」的最後幾天，她整天都陷入昏睡，從早晨到中午，從中午到晚上都持續昏睡。百合子在昏睡時都在做夢嗎？就像夢境中的時間和空間都會錯亂一樣，母親也消除了現實和非現實的境界。

新年快樂。

生日快樂。

在為她慶祝元旦的生日六天之後，母親得了肺炎，在沉睡中離開了。即使在兒子出生之後，泉在元旦仍然和母親兩個人度過，這是泉和母親之間為數不多，同時也是心照不宣的約定。

在火葬場燒了一個小時之後，百合子變成了一堆白骨回到泉的身邊。泉用竹筷子夾起發出喀啦喀啦聲音的骨灰，放進了骨灰罈。裝了母親所有一切的陶瓷罈比想像中更輕，這麼輕的份量似乎在告訴泉，人並非肉體構成的。從母親去世到葬禮結束，泉從來沒有流過一滴淚水，似乎還需要一段時間才能接受失去了母親的世界。

六個月後，他終於去了母親的家。因為有人要買那棟房子。

他將快要壞掉的冷氣設定在最低的溫度，聽到吵鬧的蟬聲，獨自整理母親的遺物整整兩天。除了把一些還可以使用的東西捐贈給「海濱之家」以外，其他所有東西都丟棄了。優陽出生即將滿一年，他的玩具、嬰兒車、衣服、餐具等東西越來越多，家裡根本沒有地方可以放百合子的遺物。雖然有點不捨，但他看著堆滿兒子用品的家，覺得這樣也很好。

百合子的家已經空無一物，他獨自躺在地上，看著院子後方的集合住宅窗戶。當他怔怔地看著四方形的光時，從一大早忙到現在的疲勞一下子湧現，不知不覺睡著了。

他被突然的連續爆炸聲驚醒。

他坐了起來，分不清是夢境還是現實，看到深藍色的天空中升起白色的煙火。

「我想住在可以看到煙火的房子。」

身旁似乎響起了百合子充滿懷念的聲音。

「雖然只是偶然，但我的夢想實現了。」

母親從神戶回來的幾個月後，決定在新的地方重新開始當鋼琴家教。雖然知道母親打算藉由展開新的生活，再次身為一個母親活下去，但泉還無法坦然接受百合子的心意。

搬家的那天晚上，家中空無一物，母子兩人坐在家門口吃西瓜，煙火在遠處的天空中綻放。

但煙火被眼前高大的集合住宅擋住了，只能看到上半部分，打在低空的煙火只能聽到聲音，只有不時打到高空的煙火在集合住宅屋頂上方探出半個頭。

「好漂亮的煙火……是我至今為止看過最漂亮的煙火。」

百合子看著半圓形的光，瞇起了眼睛。

「但只能看到一半。」

泉咬著西瓜，伸長了脖子，尋找可以稍微看清煙火的地方。

「但對我來說，是最漂亮的煙火。我很高興今天和你兩個人，在這個一無所有的房子，看到只有一半的煙火。」

泉也覺得煙火很漂亮，也覺得用溼潤的雙眼注視著煙火的母親側臉很漂亮。

「我經常在想……」

「想什麼？」

「煙火是一種悲傷的東西，一旦結束，人們就會忘記它是什麼顏色、什麼形狀。」

「有可能……但即使忘了顏色和形狀，還是會記得和誰一起看，和當時是怎樣的心情。」

「是不是？」百合子注視著泉，握著他的手。

「嗯……不會忘記。」泉看著一半的煙火，小聲嘀咕說：「我覺得我不會忘記今天的事。」

「是嗎？」百合子注視著泉的側臉笑了起來，「你一定會忘記，因為每個人都會忘記很多事，但我覺得這樣也無妨。」

泉孤獨一人，看著白色、紅色和黃色的煙火接連打上天空。

所有的煙火都只能看到一半。相隔二十多年出現在眼前的一半煙火，讓他清楚地回想起當時和母親之間的談話。

「你一定會忘記。」

母親的預言在耳邊響起。

母親一直記得，但自己忘記了。一半的煙火近在咫尺，但自己無法讓母親看到她最後想看的煙火。

懊惱和悲傷一下子湧上心頭，他全身顫抖，無法發出聲音，雙腿跪在地上。他無法呼吸，只能發出呻吟。打上天空的一半煙火接連喚醒了他和母親之間的記憶。雖然說不出話，但眼淚流了出來，溼了他的臉頰。

媽，對不起，我完全忘記了。

在遊樂園走失時，妳哭著緊緊抱住了我；妳下班回家之後，熬夜為我縫裝運動服的袋子；妳每次都把自己的煎蛋捲夾給我；妳四處尋找我在妳生日時送妳的花卉圖案化妝包；運動會時，雖然妳一個人坐在那裡很尷尬，但比任何人更大聲為我聲援。

他終於想起了這些事，很希望能夠在母親失憶之前說謝謝。

畢業典禮後，母子兩人一起去家庭餐廳慶祝；妳騎著腳踏車載我去看棒球時，後背全都溼了；我在小小的雪洞裡喝熱騰騰的紅豆年糕湯；妳送的電吉他帶給我驚喜，雖然我原本想要的是其他品牌的電吉他，但還是很高興；我們一起去旅行時釣到了大魚，那應該也是妳有生以來第一次釣魚吧。

當時曾經那麼快樂，為什麼竟然忘記了？

「明天你就要去新的中學上課了，沒問題嗎？你有辦法自己去嗎？」

煙火仍然在天空綻放，門鈴響了，搬家的行李終於送到了，原本空無一物的房間在轉眼之間就堆滿了紙箱。

「沒問題啊，我又不是小孩子。」

泉打開紙箱，把明天要用的東西拿了出來。制服、書包、鞋子和課本。

「穿舊制服沒問題嗎？你從入學時就一直穿這件，差不多要幫你買新制服了。」

「穿這件就好，但是有一件事要麻煩媽媽。」

「怎麼了？」

泉把膝蓋破了一個大洞的制服褲子攤在百合子面前。

「破了這麼大一個洞，妳可以幫我縫好嗎？」

「啊啊，太可怕了，怎麼會有這麼大一個洞？」

百合子接過褲子，用手指摸著破洞。

「和同學一起玩歡送摔角，結果就扯破了。」

「怎麼會這樣？」百合子掩嘴笑了起來，「這可能縫不好，洞太大了，而且布料也已經爛兮兮了。」

「沒關係，即使已經爛兮兮，即使有很多破洞都沒關係。」

接連打上天空的半圓形煙火，就像在泉和百合子共同生活的家中曾經綻放的數百朵鮮花一樣，只留下美麗的記憶，隨即消失了。

海風帶來了煙和火藥的味道。

模糊的視野中發出繽紛光彩的半圓裡，浮現出母親往日的身影。

國家圖書館出版品預行編目資料

百花 / 川村元氣著；王蘊潔譯. -- 初版. -- 臺北市：皇冠, 2020.11　面；公分. -- (皇冠叢書；第4891種)(大賞；122)
譯自：百花

ISBN 978-957-33-3613-6 (平裝)

861.57　　109015222

皇冠叢書第4891種

大賞｜122

百花

百花

作　　者—川村元氣
譯　　者—王蘊潔
發 行 人—平雲
出版發行—皇冠文化出版有限公司
台北市敦化北路120巷50號
電話◎02-27168888
郵撥帳號◎15261516號
皇冠出版社(香港)有限公司
香港上環文咸東街50號寶恒商業中心
23樓2301-3室
電話◎2529-1778　傳真◎2527-0904
總 編 輯—許婷婷
責任編輯—蔡維鋼
美術設計—嚴昱琳
著作完成日期—2019年
初版一刷日期—2020年11月
初版二刷日期—2020年12月
法律顧問—王惠光律師

讀者服務傳真專線◎02-27150507
電腦編號◎506122
ISBN◎978-957-33-3613-6
Printed in Taiwan
本書定價◎新台幣380元/港幣127元